# 看似簡單卻說不出口的英文，原來這樣講

超過 800 個最潮的

英文單字片語一次收錄！

前言

# 不受拘束，<br>最 chill 的英文學習法！

「學英文吧IVY BAR」所經營的instagram，就是以口語化與生活化的英文學習為特色，讓看貼文就像在和朋友聊天與學英文一樣，以輕鬆、幽默的方式學到最實用且有趣的英文資訊。

本書將貼文內容整理並分成三大章節，分別為「日常對話」「網路世界」以及「人際交流」，讓讀者在翻閱書籍時，也能夠像在滑IG一樣有熟悉感，且更有系統性的從各個不同的篇章閱讀自己喜歡的主題。

## 這句英文怎麼說？從生活學習更輕鬆

你有沒有在腦中想過某些事物的「英文要怎麼說」的情況呢？如果有類似這樣的問題，看本書準沒錯！從日常生活的各種角度切入：例如睡過頭、減肥、八卦閒聊等等，教你生活大小事的英文要怎麼說，讓你說英文不再是只有「How are you?」「 I'm fine, thank you. 」！

## 了解外國文化，讓英文學習更有趣

每一篇的文章都有個「TIPS」，除了補充延伸的單字、文法之外，還有一些文化冷知識，讓你學習英文的同時，也能增加小知識，讓英文學習不乏味！

## 英文慣用語，讓你更了解外國人在說什麼

這本書也會告訴你外國人常用的慣用語以及俚語有哪些！學英文並不是僅限於單字和片語，慣用語和課本裡面的英文並不一樣，它更接近「現實生活」。學會英文慣用語，讓你在和外國人對話的時候，就能夠融入各種生活場合！

## 學英文原來可以這麼chill

學英文不用這麼拘束啦！你在讀這本書的時候，請用一種chill的態度來看；內容如果讓你不小心嘴角上揚，那這本書的目的就達成了XD。

現在，就讓我們一起學英文吧！

## CHAPTER 1 日常對話篇

## CHAPTER 2 網路世界篇

## CHAPTER 3 人際交流篇

CHAPTER 1

# 日常對話篇

001 稱讚

# 這個很可以

吃到好吃的東西，或是在路上看到自己的理想類型時，很多人都會說「這我可以」「他我很可以」，在英文中有沒有類似的說法？

**pretty good　還不錯；很可以**

The movie is pretty good.

這部電影還不錯。

**fine　極好的；夠好的**

That girl looks fine.

那個女生長得滿好看的。

**ten-point system　十分制**

"Hey what did you say about the new restaurant?"

"I gave it a solid 8."

「嘿，你覺得新開的餐廳如何？」

「我給它8分。」

pretty good大概是最簡單的用法了，以台灣人學習到的英文可能會把pretty good理解成「很好」，但其實它表達得比較像是「比平均好一些」「中偏上」的概念，大概滿分10分可以拿7分，這種還不錯的感覺。

## 002 訝異　這真的太扯了！

有些影集的情節轉變太誇張，會忍不住說「這真的太扯了！」或有人做事太超過，你會說「你很over」。但這是台式英文的說法，道地的英文該怎麼說？

**nonsense　胡扯**

That's a bunch of nonsense!

那完全是胡扯！

**wild　有趣的；好笑的**

Susan is full of energy. She's so wild.

蘇珊充滿活力，她很有趣。

**over the top　太誇張**

He's so over the top.

他太誇張了。

TIPS

wild這個單字還有很多意思喔！最近在美國年輕人之間非常流行，而且可以用在很多情境上。它可以指「很有趣」「很好笑」，可以拿來形容人、笑話或事情很有趣。

## 003 遲到　我睡過頭了

天氣冷的時候，在厚厚暖暖的被窩裡真的超好睡啊！容易一不小心就睡過頭。那「睡過頭」「我沒聽到鬧鐘」的英文該怎麼說呢？

**oversleep　睡過頭**

I overslept.

我睡過頭了。

**sleep through sth　不被……吵醒；在……過程中睡著**

I slept through my alarm.

我沒聽到鬧鐘。

**traffic jam　塞車**

I was stuck in a traffic jam for an hour.

我塞了一個小時的車。

如果要問人為什麼遲到的說法，會因為對象而語氣不同。如果是上司對下屬的話，就會說「Why are you late today?」用於當下（例如剛到辦公室）詢問，語氣也比較兇；如果是朋友之間，則會說「Why were you late today?」通常都是後來才問，例如下午問早上為何遲到。

# 004 送禮　你買好交換禮物了嗎？

聖誕節的時候，你會跟朋友一起玩交換禮物嗎？還是會用其他的方式慶祝？「你買好禮物了嗎?」的英文又該怎麼說？

**Christmas presents　聖誕禮物**

Have you finished shopping for Christmas presents?

你買好交換禮物了嗎？

**price limit　預算**

What's the price limit?

預算要抓多少？

**cost　花費**

It should cost less than NT$300.

預算抓300元以內。

1. 英文中不會特別把「交換禮物」翻出來！所以，英文會以「Christmas presents」或是「Christmas gifts」表示。
2. 都是「花費」，主詞是人的時候要用spend，主詞是物品的時候要用cost！

# 憋一下・上大號

雖然都是英文，但不同國家對「上廁所」的用字都不一樣喔！
「憋一下」「上大號」英文又要怎麼說？

**poo　上大號**

I gotta poo right now.
我需要立刻上大號。

**hold it　憋一下**

I can't hold it any longer. I need to use a restroom as soon as possible.　快要憋不出來了啦，我要趕快上！

**restroom　廁所（美式英文）**
**toilet　廁所（英式英文）**
**lavatory / lav　廁所（正式一點的用法）**

Excuse me, where is the restroom, please?
不好意思，請問洗手間在哪裡？
The lav is just over there.　洗手間就在那邊。

1.在台灣常聽人說的「W.C.」，是比較沒禮貌的說法哦！
2.「上大號」的其他說法：「take a big one」「take a dump」。

# 006 嗆聲　干你屁事・踹共啦

雖然說人要保持正向比較好，但免不了還是有超不爽、想嗆聲的時候，今天就來學學怎麼用英文怎麼說吧！

## bite me!　干你屁事

"I can't believe you're still using an iPhone 6S! The iPhone 14 is already on the market."

「你竟然還在用哀鳳6S？都已經出到哀14了耶。」

"So what? Bite me!"

「是會怎樣？干你屁事！」

## cash me outside　踹共啦

Cash me outside, how bow dah?

踹共啦，安怎？

## Duh!　呿！

Duh! I don't know.

呿！我不知道。

身為台灣人，可能會以為「What do you want?」只是想問「你想要什麼?」但是其實這句話在外國人聽起來可能有點挑釁意味，配上稍微不爽的語氣，就成了「你到底想怎樣」！

# 007 天氣　又有寒流要來了

台灣雖然冬天不長，但寒流來的時候，還是超冷的啊！「寒流來了」這句話英文該怎麼說？

**cold front　寒流，冷鋒面**

A cold front is coming.

寒流要來了～

**freezing　極冷的**

It's freezing cold!

超冷的啦！

**bitterly　很痛苦的**

It's bitterly cold outside!

外面爆炸冷！

俚俗一點的話也有人說「It's freaking cold!」（這他媽太冷了吧！）freaking是fucking比較婉轉一些些的說法。

另外，如果想要表示「乾冷」，直接說「dry and cold」就可以囉！

# 008 郵件　你有包裹喔

叮咚！「有你的包裹喔！」當網購商品送來的時候，你應該常常聽到這句話吧？但你知道這句話的英語怎麼說嗎？

**Package　包裹**

You've got a package.

你有包裹喔！

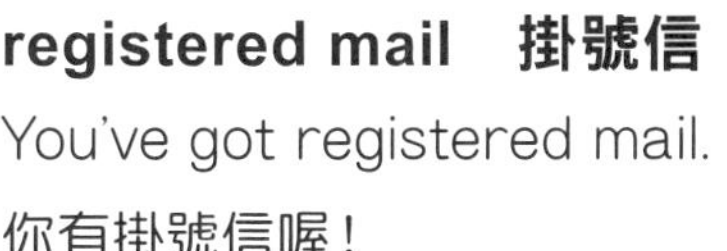

**registered mail　掛號信**

You've got registered mail.

你有掛號信喔！

**paid upon delivery　貨到付款**

This is paid upon delivery. Please give me NT$250. (That will be NT$250)

貨到付款，請支付250元。

如果同事幫忙收信了，幫忙簽收的人就可以說「I (went ahead and) signed for it.」。

ahead（預先、提前）

# 009 道歉　我對……表示歉意

抱歉除了「Sorry」你還會怎麼說？就來學學英文超有誠意關於道歉的說法。

**I apologize for...　我對……表示歉意**

I apologize for not coming to the party. I wasn't feeling well.

沒參加派對實在很抱歉，我當時身體不太舒服。

**I didn't mean to...　我並非有意……**

I didn't mean to sleep with Jane. Please accept my apologies, babe.

我不是故意和珍睡覺的，寶貝，拜託妳接受我的道歉。

**My bad!　是我不好！**

I shouldn't have said that. My bad.

我不該那樣說的。是我不好！

1.make up for sth（彌補某事）

2.apologize是滿正式的用法，也因為正式，所以顯得更有歉意！

3.「Pardon me」口語常說成「My bad」。

## 010 鼓勵　加油！你可以的

人難免都有心情低落的時候，當身邊的人很down的時候，你是不是也想趕快讓他開心起來呢？就來教幾句英文常用鼓勵的話。

**have faith in...　對……信任……**

Come on! You can do it! I have faith in you!

加油，你可以的！我對你有信心～

**Hang in there!　堅持下去！**

Work can get tough in the middle of a term but hang in there and it'll be OK.

學期中的課業會比較困難，但堅持下去就沒問題。

**leave nothing to be desired　很棒，完美無缺**

Your work performance leaves nothing to be desired.

你的工作表現讓人十分滿意。

1.中文的「加油」，其實說「Come on!」就可以。
2.hang是「懸掛」的意思，「Hang in there!」意為「堅持下去」。
3.「leave nothing to be desired」和「nothing to be expected」都是指「非常完美，沒有需要改進或提升的地方」。

## 011 睡眠

# 昨晚沒睡好

許多人一直以來都有睡眠困擾，甚至得去看睡眠門診。「睡不好／失眠」的英文要怎麼說？

**insomnia　失眠（症）**

Do you suffer from insomnia?

你有失眠的困擾嗎？

**toss and turn　翻來翻去；輾轉反側**

I was tossing and turning all night.

我整晚翻來翻去睡不著。

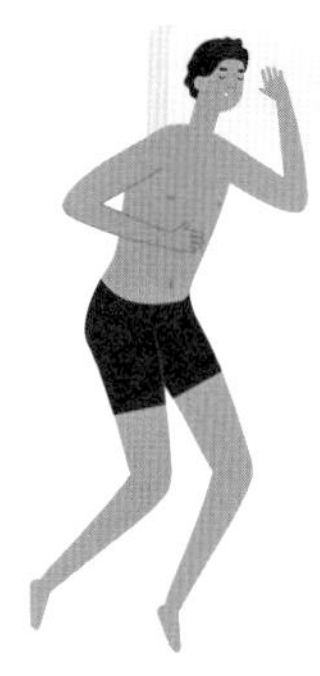

**yawn　打哈欠**

I couldn't help yawning.

我忍不住打哈欠。

補充「我沒睡好」誇張一點的說法：

I didn't sleep a wink last night.

I didn't get a wink of sleep last night.

（昨天晚上我的眼睛完全沒閉起來過。）

## 012 遊戲　我胡了！

過年的時候，你或是你的家人有打麻將的習慣嗎？「胡了」在麻將中表示贏的意思，一起來學學英文怎麼說吧！

**Game! / That's game!　遊戲結束！**

That's game - I won!

遊戲結束了——我贏了！

**Read them and weep!　看我的牌，你會哭出來！**

這是比較諷刺的用法，尤其在撲克牌遊戲（card game）中很常出現。

**dice　骰子**

We need two dice to play the game.

玩這個遊戲需要兩個骰子。

1. Game! / That's game! 這兩種說法都表示game over了，表示「自己贏了，遊戲結束」，「胡了」可以這樣講；也可用在運動或線上遊戲。
2. 骰子的單數型是die，但常用複數型dice喔！

## 013 恍神 其實我剛剛在放空

超愛神遊，常常別人講了什麼都沒聽清楚，這時候就要解釋：「其實我剛剛在放空啦！」那這句話的英文要怎麼說呢？

**space out　放空**

Actually, I was just spacing out.

其實我剛剛在放空。

**wander　走神；心不在焉**

My mind was wandering.

我剛剛心不在焉。

**be out of it　恍惚的**

I was out of it for a second.

我剛剛恍神了一下。

**out to lunch / clock out / check out　恍神；失去理智**

He's checked out.

他恍神了。

「My mind was wandering.」這是比較老派的說法，但也可以表示「我剛剛在放空」，wander動詞是「走神」的意思。另外你也可以說：「I was lost in thought.」

## 014 吐槽　你偶包很重耶

有時候太怕出錯，表現得包袱很重的樣子，就會被朋友開玩笑說：「你偶包很重耶！」那「偶包」的英文要怎麼說？

**put up a facade　偶包很重；裝模作樣**

He put up a facade of wealth.

他假裝自己很有錢。

**care about one's reputation　愛面子**

He cares about his reputation.

他很愛面子。

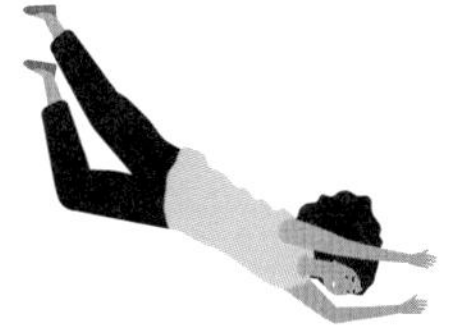

**reserved　很ㄍㄧㄥ，有所保留的**

He's a reserved person. He won't tell you how he feels.

他這個人很ㄍㄧㄥ，他不會告訴你他的感受。

**very open / honest　很放得開**

John is very open, willing to share his opinions and thoughts.

約翰這個人很放得開，很樂於和別人分享他的看法和感受。

façade 是法語「臉」的意思。而「put up a facade」則是像戴上面具，有「扮演」或「假裝」的意思。也可以說「to put on an act」，都是有種「裝模作樣」的感覺！

# 015 圓場　這個不好說

煮飯給家人吃，問他們味道如何，結果得到「這個不好說」這樣的回答。但有時的確不說為妙，就來學一下這句的英文要怎麼說吧！

**It is hard to say.　這個不好說**

Well, it is hard to say if Lisa will like this kind of cloth or not.

嗯…… 麗莎喜不喜歡這類的衣服，這個不好說。

**helpful suggestion　建設性的意見**

She made some very helpful suggestions but her boss rejected them all.

她提了些很有幫助的建議，但被她的老闆全部否定了。

**It can hurt.　傷人**

It can hurt their feelings.

這有點傷人。

另外「make light of something」是指「用比較輕鬆的方式來表達嚴肅的議題」。

Don't make light of this situation.（這種嚴肅的情況不要開玩笑。）

# 016 疫情　最近先乖乖待在家

台灣疫情嚴重的時候，很多公司都實行了遠距上班，「最近先乖乖待在家」英文要怎麼說？

**stay at home　待在家**

We should stay at home for a while.

最近先乖乖待在家 。

**work from home (WFH)　在家工作**

In the current situation, lots of companies will probably have people start working from home.

看最近的情況，可能很多公司都會開始在家工作了。

**wear a mask　戴口罩**

Wear your mask properly.

戴好你的口罩。

我們常說「乖乖……」，但英文中不會特別把「乖乖」說出來。

017 瘦身

# 我在減肥

你身邊有沒有朋友永遠都喊著要減肥？但好像也沒有真的在減的樣子。就來學學「減肥」這個口號相關的用語怎麼說吧！

**diet　減肥；節食**

I'm going on a diet tomorrow.

我明天開始節食。

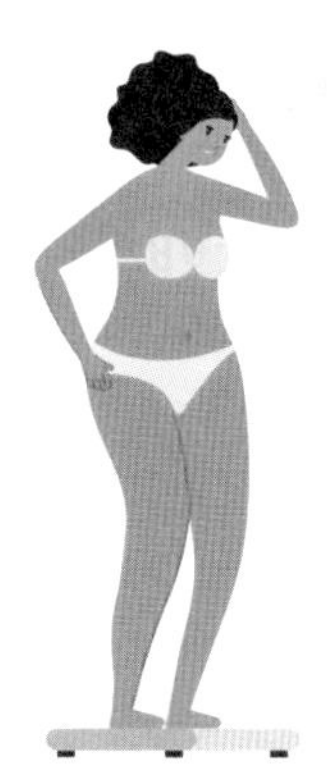

**lose weight　減重**

I'm trying to lose weight.

我在試著減重。

**slim　苗條的**

You're so slim already!

你已經很瘦了！

「變胖」的英文要怎麼說咧？

英文可以說「put on weight」或「gain weight」。put on的意思是「把……穿／放上」，想像一下，你把重量帶在身上，就是「增重、變胖」啦！而gain特別用來指「體重／速度／身高／數量」的增加。我們不提倡病態減肥哦！各種身材都有不一樣的美，但要是身材影響到健康，記得尋求醫師等專業人員協助。

## 018 沮喪　完蛋了

你有沒有看過影集《Brooklyn 99荒唐分局》？，讓我們一起跟著主角Jake，一起來學英文怎麼表示「完蛋了」吧！

**Cool, cool, cool.　「不太妙」「不應該如此」**

I think I'm gonna fail the exam. Cool, cool, cool.

不妙，我覺得我會被當。

**screwed　搞砸的**

I'm so screwed.

我完蛋了。

**doomed　註定失敗的**

I'm doomed!

我完蛋了！

1.cool原本的意思有「好極了、棒極了」的意思。但在這裡的「Cool, cool, cool」是《荒唐分局》裡的主角Jake的口頭禪，當事情「不太妙」「不應該如此」的時候，他常這麼說！

2.doomed雖然有「註定失敗的」的意思，但也可以解釋成「注定滅亡、毀滅」，例如：This is a doomed city.（這是一座註定要毀滅的城市。）

## 019 不適　我的眼睛有點癢

如果戴隱形眼鏡不正確，眼睛常常不舒服發癢，「我的眼睛有點癢」英文該怎麼說？

**itchy　發癢**

My eyes are kind of itchy.

我的眼睛有點癢。

**contact (lenses)　隱形眼鏡**

I kept my contacts in too long.

我隱形眼鏡戴太久了。

**dry　乾的**

My eye is a little dry.

我的眼睛有點乾。

1.「My eyes are kind of itchy.」中眼睛是用複數，但如果眼睛只有一隻癢的話，可以說「My eye is kind of itchy.」喔！
2. 隱形眼鏡英文為contact lenses，但在口語中lenses常常省略，直接說contact。如果指的是「一副」隱形眼鏡，那麼就要加「s」變成contacts，「單一邊」就不用。

# 020 外賣　中午要叫外送嗎？

放假在家的時候，你都怎麼解決午餐晚餐？懶得自己煮（耍廢），通常就叫外送。一起來學「中午要叫外送嗎？」英文怎麼說！

**order out (for sth)　叫（外賣）**

Let's order out for lunch.

中午叫外送吧！

**promo code　優惠碼**

Use the promo code "festival" to get a 15% discount on your tickets.

使用優惠碼「festival」可享受門票85折優惠。

**Delivery (person / man / woman)　外送員**

Please tell the delivery man to leave food at the front desk.

請告訴外送員把食物放櫃檯就好。

1.lunch可以換成dinner（晚餐）或是night time snack（宵夜）。
2.promo code是promotional code的口語說法。

# 021 血拚　我還不買爆

每當看到喜歡的商品，你是不是也會說：「我還不買爆」？那要怎麼用英文表示？

**spending's spree　買爆**

Oh, I just got paid, so I'm going on a spending's spree.

剛拿到薪水，要來爆買一波囉！

**splurge　亂花錢**

I got money in the bank. I'll splurge a little today.

我戶頭裡還有錢啦，今天亂花一些沒差。

**I gotta buy...　我要買……**

I gotta buy the bag!

我要買那個包包！

1. spree這個字指的是「玩樂、短時間的放縱」，假設你今天去很多不同的店買東西，就可以用「spending's spree」或「shopping's spree」來描述這個爆買行為。
2. 如果本來沒有買東西的打算，結果逛著逛突然購物慾被激起來，立刻就買了東西，就是「impulse buying」（衝動購物）啦！衝動購物之下買的商品，則是「impulse buy」。

# 022 比較　CP 值很高

吃到好吃又便宜的美食，你是不是也會大讚「CP 值太高了吧」！CP 值是「花費 (cost) 和效益 (performance) 的比值」，比值高就是很划算的意思！

**get your money worth　值得**

You really got your money worth!　你花錢花得很值得！

**a hot deal / an awesome bargain　很划算**

That restaurant gave me a hot deal for family dinner.

那間餐廳給我很棒的家庭晚餐優惠耶。

**steal　便宜的東西，划算的交易**

I got a steal on these new shoes!

我買這雙新鞋超便宜的啦！

**bang for one's / the buck (s)　物超所值**

You really got a lot of bang for the buck (s)!

你真的買得超值耶！

1. 這是年輕人間最潮的說法，steal當動詞是「偷」的意思，在俚語裡面則是名詞，表示「低價」「超便宜的東西」。
2. deal名詞是「協議、交易」的意思，例句二除了hot、awesome，也可以用sweet。

## 023 結帳　買單！

有的人和朋友約吃飯會輪流請，也有人習慣每餐自己付，你通常會怎麼做？各付各的嗎？台灣人很常說的「go Dutch」在國外竟然沒人說？一起來學學「買單」相關的英文怎麼說吧！

**check　帳單**

Can I get the check, please?

麻煩把帳單給我。

**pick up the tab　付帳**

It's my turn to pick up the tab.

換我付了啦。

**settle up　結算**

I'll pay now. We can settle up later.

我先付，你等等再給我。

很多台灣人知道的「go Dutch」因為有輕蔑荷蘭人的意思，其實在國外並不常說！

很常討論到的AA制是「Algebraic Average（代數平均）」，意思不是各付各的，而是「依人頭平均分攤帳單」。這種情況吃得少的人比較吃虧，因為不管你點多少、吃多少，付的錢都和大家一樣喔！

# 024 推薦 不錯的網美店

台灣人都會說裝潢很漂亮的店是「網美店」，畢竟就是特別適合網美們來打卡嘛！那「我發現一間不錯的網美店」英文要怎麼說？

**decent　體面的；滿不錯的**

I found a decent cafe / shop that is trending online.

我發現一間不錯的網美店。

**influencer / instagram model　網美**

Sandy is an influencer on Instagram.

珊迪是IG上的網美。

**post / share a story　發限動**

I'm going to post a story on Instagram!

我要在IG發限動！

TIPS

1.decent在字典中是「體面的」的意思，日常中其實就是指「滿不錯」「可以喔」的這種感覺！

2.influencer不一定靠外表取勝，也可能自己有經營podcast或YouTube之類的，靠著言論或是想法等等在網路上走紅。

3.補充相關的單字：拍網美照的英文是「take an insta-worthy photo」；打卡的英文則是「check in」(restaurant / event on instagram)。

# 025 詢問　這件衣服在哪裡買的？

朋友的新衣服超級好看！這時你會問他：「這件衣服在哪裡買的？」那這句話的英文怎麼說呢？

**Where did you get it?　你在哪裡買的？**

I really like your dress. Where did you get it?

我喜歡你的洋裝，你在哪裡買的？

**on sale　特價中**

The jackets are on sale today.

夾克今天特價中。

**buy one get one free　買一送一**

The coffee shops are having a buy one get one free sale today.

咖啡店今天正在進行買一送一的優惠。

1. 外國人不太會直接問「這件衣服哪裡買的？」通常會先稱讚，然後再問。
2. 如果回答說：「我網購的。」可以說：「I got / bought / found it online.」。

# 026 支付　可以用 LINE PAY 嗎？

現在付錢的方式越來越多啦，那你知道用信用卡支付、行動支付的英文要怎麼說嗎？一起來學吧！

**I want to use LINE Pay.**
**我想用LINE Pay付款。**
或是：Do you accept Line Pay?

**credit card　信用卡**
Can I pay by credit card?
可以刷信用卡嗎？

**invoice　請款單；打統編**
I'd like a company invoice.
我要打統編。

1. 如果覺得以上的方法不好記的話，還有這個說法都適用：
   Do you take cash?
   Do you take credit card?
2. 補充：
   pay in installments（分期付款）
   receipt（發票；收據）
   Send my receipt to my digital account.（發票幫我存載具。）

## 027 旅遊　真的好想出國喔！

全球疫情持續太久，真的好想出國喔！你是不是也有這樣的心聲？

**traveling　旅遊**

I really miss traveling (abroad).

真的好想出國喔！

**abroad　到國外**

I really want to go abroad.

我真的想出國玩。

**vacation　假期**

I'm craving a vacation.

超想去度假的。

1.「I really want to go abroad」這個說法帶有一點「已經計畫好了」的暗示喔！
2. 如果你「非常」想出國的話，英文可以說：「I'm dying to go abroad.」這邊的dying不是指「垂死」的意思，比較像是情緒上的表達。

# 028 邀約 那禮拜六怎麼約？

假日就是要和朋友出去玩，你是不是在出發前幾天會問：「那我們禮拜六怎麼約？」來學學邀約的英文怎麼說。

**What should we do on Saturday?**
**那我們禮拜六怎麼約？**

What time should we meet?
約幾點？

Where do you want to meet?
要約哪？

See you then!
到時見！

1. 邀約時也可以說「Where do you want to meet?」但這句限定比較熟的朋友喔！
2. 「到時候見」英文又該怎麼說呢？你可以說「See you then!」或是「See you there!」。

# 029 網購 你覺得這個怎麼樣？

疫情時大家都悶在家，在家可以做什麼？當然是網購啦！而且不但要自己買，還要揪大家一起入坑！就來學一下團購相關用語。

**What do you think about...?**
**你覺得這個怎麼樣？**
What do you think about this jacket?
你覺得這件外套怎麼樣？

**order　訂貨**
I can order (it / one / them / some) for you.
我可以一起訂！

**pay somebody back　還某人錢**
I'll pay you back later.
我再給你錢。

TIPS

1. 如果要問別人說「要買嗎」，你可以說：
   Do you want to (get / buy) it (some)?
   Want to get it (some)?
   Wanna buy it (some)?
2. 「我 +1」，可以說「Add one for me.」

## 030 餐廳　請把帳單給我

如果在餐廳內吃完飯，結帳的時候直接問「How much?」對方可能會覺得你很粗魯無禮，那應該怎麼說呢？

**bill　帳單**

My dad agreed to foot the credit card bill for me this time.

我爸同意幫我付這次的信用卡帳單。

**take　接受**

Do you take credit cards?

你們收信用卡嗎？

**service　服務費**

Is service included?

有包含服務費嗎？

1. 例句一中的「foot the bill」可以等於「pay the bill」。但「foot the bill」多了一層意思，通常都是指支付「費用較昂貴的」且「特定對象的」帳單喔！
2. 在美國，會給大約10到15%小費。

## 031 放假　你有要去哪嗎？

連假三天你有要去哪嗎？「三天連假」「我買好（高鐵／火車／客運）票了」的英文怎麼說呢？一起來學習吧！

**want to go...　要去……**

Is there somewhere you want to go?

你有要去哪嗎？

**I want...　我要……**

I want to go home. (I'm going home.)

我要回家。

**buy...ticket　買……票**

I bought a (HSR /  train / bus) ticket.

我買好（高鐵／火車／客運）的票了。

I'll probably be stay at home.

我應該會在家。

I will go out for a walk.

我會出去走走。

連假的英文可以「long weekend」或是「extended break」外，還有別的說法，也可以說「幾天連假」，例如「three-day break」或是「three-day weekend」。

## 032 捷運　我們搭捷運吧！

講到大眾運輸，你會想到捷運、火車和高鐵，那你知道他們對應的英文應該要怎麼說嗎？

**metro　捷運**

Let's use the Metro.　我們搭捷運吧！

**underground (railroad) ; the Tube　地鐵**

I go to school by the Tube.　我搭地鐵去上學。

**subway　地鐵（世界最通用的說法）**

Do you think we can drive, or should we take the subway?
你覺得我們開車去，還是搭地鐵去比較好？

**leave　發車**

Our train leaves from platform 2.
我們的火車在二號月台發車。

**delay by　誤點**

My train was delayed by an hour.
我的火車誤點了一個小時。

1.「metro」這個字源自法國190年前建造的地鐵「chemin de fer métropolitain de Paris」。
2.台北捷運是Taipei MRT（Taipei Mass Rapid Transit）。

# 033 遊行　好多人喔

萬聖節的時候，路上真的很多變裝的大朋友小朋友，總是可以看到時下最流行的裝扮！今天就來學「好多人喔」的英文要怎麼說吧！

**There are so many people.　好多人喔！**

There are so many people on the street.

街上好多人喔。

**crowded　擠滿人的**

It's so crowded.

好擠喔。

**parade　遊行**

The Halloween parade is open to all the children in town.

萬聖節遊行開放給鎮上所有的小朋友參加。

「很多人」還可以說「Tons of people」。

## 034 跨年 你跨年要幹嘛？

你跨年都怎麼過？跨年的英文不是「cross the year」喔，就一起來學相關的英文吧！

**celebrate New Year's Eve　跨年**

Are you going to celebrate the New Year's Eve?

你要去哪裡慶祝跨年夜？

**bring in the New Year　迎接新年**

We'll bring in the New Year at Time Square.

我們會在時代廣場跨年。

**New Year's Eve concert　跨年演唱會／音樂會**

Every New Year's Eve, many people head for Times Square to watch the New Year's Eve concert, followed by the countdown and fireworks.

每年跨年都有很多人去時代廣場看演唱會，還有接下來的倒數和煙火秀。

1.eve是節日的前一個晚上，像是Christmas Eve就是平安夜，New Year's Eve則是12月31日。

2.bring in有「把⋯⋯帶進來」「迎來」的意思。

## 035 電影　我想坐後排的位置

喜歡看電影嗎？看電影的時候必備的應該就是爆米花跟可樂吧？你知道「我要加點套餐」這句英語怎麼說嗎？坐哪個位置又要怎麼說？

**front row / back row　前／後排**

I would like to sit in the front / back row.

我想坐前／後排的位置。

**combo meal　套餐**

I'd like to order a combo meal.

我想要加點一份套餐。

**block sb's view　擋到（某人的）視線**

Excuse me, but you are blocking my view.

不好意思，你擋到我的視線了。

see a movie 指的是「到電影院看」。

watch a movie 指的則是在「電視、電腦、手機等裝置上觀看」。

## 036 交通 塞車了！

說到連假，就會想到塞車！塞車時你都怎麼打發時間？就來一起學和「塞車」有關的英文吧！

**traffic congestion　塞車**

We were stuck in traffic congestion (a traffic jam) on our way home.

我們在回家的路上遇到塞車。

**bumper to bumper　車子一輛接一輛**

The cars are bumper to bumper on the roads to the downtown area.

前往市中心的路全部都塞得水洩不通。

**beat the traffic　避開車潮**

In order to beat the traffic, we should leave early.

為了避開車潮，我們應該早點出發。

bumper是保險桿。塞車的時後，通常都是前車貼後車，也就是前一台車的後保險桿緊貼後一台車的前保險桿。所以這種馬路很塞的狀況，會用bumper to bumper來形容。

# 037 開車　等下要去加油了

油價快漲的時候，大家都會趕在之前先去加油，這樣比較划算啊！跟「加油」相關的英文怎麼說？一起來看看吧！

**get gas　加油**

I need to get gas soon.

等下要去加油了。

**out of gas　沒油**

I'm almost out of gas.

快沒油了。

**unleaded　無鉛（汽油）**

add $30 of 95 unleaded.

95無鉛汽油加三十美元。

gas（汽油），是gasoline的縮寫。在英國、澳洲或是英國體系的國家，也會稱作petrol。

# 038 理髮　你有推薦的髮廊嗎？

你是怎麼挑選髮廊的呢？你有推薦的髮廊嗎？是上網看評價，還是勇於嘗試新的設計師？來看看相關英文的說法。

**recommend　推薦**

Do you recommend any salons? I need to have my hair cut.

你有推薦的髮廊嗎？我想要剪頭髮。

**trim　修剪**

I'd like a shampoo and a trim.

我想要洗頭和稍微修一下頭髮。

**shampoo　洗髮**

How much is it for just a shampoo and a regular haircut?

洗加剪大概多少？

「salon」和「barbershop」的差別在哪裡？

「barbershop」以男士的剪髮為主，多為短髮及較傳統的髮型，且較少有染髮的服務。

「salon」可以剪的造型較多元，也比較擅長長髮以及時下流行的髮型，且有提供染髮服務。

# 039 購物　要順便幫你買東西嗎？

要出門買東西的時候，通常都會順便問一下家人朋友有沒有需要幫忙買的東西。你也會嗎？那你知不知道怎麼用英文說「要順便幫你買東西嗎？」

**pick up sth　買東西**

Do you want me to pick up something for you?

要順便幫你買東西嗎？

**Do you need anything?　你需要什麼嗎？**

Do you need anything? I'm going to the market.

你需要什麼嗎？我要去超市一趟。

**to grab sb...sth　（替某人）買／快速取得某些東西**

Do you want me to grab you anything?

你要我幫你買點什麼嗎？

pick up在英文中有很多意思，除了有「撿起」的意思之外，還有口語常表示的「買東西」的意思。

# 040 喜宴　我去喝喜酒

如果收到朋友的喜帖，要去喝喜酒，來學學跟喝喜酒有關係的各種用語英文要怎麼說。

**attend a wedding　參加婚禮；喝喜酒**

I'm going to attend a wedding.

我要去喝喜酒。

**wedding invitation　喜帖**

I received a wedding invitation.

我收到喜帖了！

**engagement　訂婚**

They announced their engagement at the party on Saturday.

他們在週六的派對上宣布了訂婚的消息。

1. 中文所說的「喜酒」，在英文中並不會翻出來。但可以說「a wedding toast」，雖然不能完全當作「喜酒」的直翻，但還是能夠表示藉由敬酒來祝福新人的意思喔！
2. 補充單字

   wedding cake / a wedding gift：喜餅

   a toast / to toast (the newlyweds)：敬酒

   friends and family of the groom / the bride：男方／女方親友

## 041 評論　這間店超雷

如果你想和外國人表示「這間店超雷」「這間餐廳的食物超雷」，要怎麼表達呢？如果說「It tastes like thunder!」外國人聽得懂嗎？一起來學習道地的英文說法吧！

**awful　糟糕的**

The food tastes awful.

這個食物很難吃／很雷。

**crap　垃圾、屎（不雅）**

The restaurant is crap.

這間餐廳很雷／跟垃圾沒兩樣。

**gross　噁心的**

Look at all the dirt on the table. This place is gross. Let's get out of here.

看看桌上的髒汙，這地方太噁了吧，我們走。

gross是美國人很常使用的單字，可以用來形容食物很噁心，是disgusting比較口語的說法。

# 042 用語　生魚片

日式料理簡直就是日本精神的縮影，看似極簡純粹，其實細膩繁複。那麼，這些美味的壽司的名稱是什麼呢？不會日文沒有關係，一起來用你熟悉的英文學習吧！

**tuna sashimi　鮪魚刺身／生魚片**

This is some of the best tuna sashimi that I've ever had. It is incredibly fresh.

這是我吃過最好的鮪魚刺身之一，它非常的新鮮。

**salmon roe gunkan　鮭魚卵軍艦壽司**

Larry's favorite thing to get at sushi restaurant is the salmon roe gunkan.

賴瑞最喜歡的壽司餐廳料理是鮭魚卵軍艦壽司。

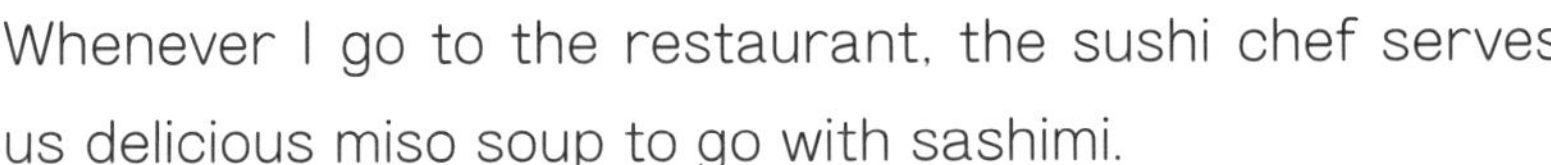

**miso soup　味噌湯**

Whenever I go to the restaurant, the sushi chef serves us delicious miso soup to go with sashimi.

每當我去那家餐廳，壽司師傅都會端上好喝的味噌湯來讓我們配生魚片。

我們滿常說「某人中年後，鮪魚肚越來越大」，但在英文中的中年凸肚是「beer belly」啤酒肚喔！

## 043 用語　臭豆腐

台灣小吃是世界級的便宜又好吃。下班或放學後，就是這些小吃療癒我們的身心靈。不過不光要懂吃，懂這些小吃的英文怎麼說才能介紹給外國友人，一起來看看吧！

**stinky tofu　臭豆腐**

Stinky tofu smells bad but tastes good.

臭豆腐聞起來很臭，吃起來卻很好吃。

**oyster thin noodles　蚵仔麵線**

How about some oyster thin noodles?

來碗蚵仔麵線怎麼樣？

**candied haw　糖葫蘆**

Candied haws are the children's favorite.

糖葫蘆是小朋友的最愛！

1. stinky就是臭臭的意思。臭豆腐可以說是最能代表台灣的小吃，聽說很多外國朋友剛聞到臭豆腐時嫌惡到不行，但往往試了之後，個個都讚不絕口呢！
2. 古早的糖葫蘆是由山楂（haw）製成的，所以叫做「candied haws」。但現在的糖葫蘆大部分都是用小番茄做成內餡，所以又可以稱「tomatoes on sticks」，直譯是棍子上的番茄。

# 044 詢問　要買喝的嗎？

台灣是手搖飲的天堂！你是不是也常常在飯後覺得好渴，就問朋友們說「要買喝的嗎？」那要怎麼用英文表示？

**Do you want something to drink?　你要買喝的嗎？**

還可以這樣說：Do you want to drink something?

**half sugar　半糖**

I want a large green tea with milk, half sugar and a little ice.

我要大杯鮮奶綠半糖少冰。

**a drink　一杯手搖飲**

Let's go to a drink shop for a drink.

去飲料店買杯來喝吧！

教你用英文點飲料：
要大杯還是小杯？
1.large（大杯）
2.regular（中杯）
3.small（小杯）
甜度冰塊？
1.half sugar（半糖）
2.a little sugar / a bit of sugar（微糖）
3.no ice（去冰）

## 045 口感　超濃郁・超鬆軟

各位foodies吃貨們，你們是不是在IG發甜點照時，只想得到yummy、delicious等英文呢？我們一起來學學各種口感的英文怎麼說吧！讓美美的甜點照更加美味可口。

**rich　濃郁的**

The rich chocolate cake goes well with oolong tea.

這個濃郁的巧克力蛋糕和烏龍茶簡直是絕配！

**fluffy　蓬鬆、鬆軟的**

Japanese cheesecake is well-known for its fluffy texture.

日本起司蛋糕因為口感鬆軟而非常有名。

**moist　濕潤的**

My mom is good at baking. The chocolate brownie she makes is so moist!

我媽媽很懂烘焙，她做的布朗尼超級濕潤！

1. 想要表達「濃郁」，你也可以用decadent，這個字本來指「墮落的、頹廢的」，但現在很常拿來指味道濃郁、超級好吃！
2. tender也可以拿來形容甜點「質地很柔軟」，而fluffy和tender相比，則是多了「空氣感」哦！

# 046 表達　我是巧克力控

你是不是巧克力控？控的意思是「非常喜歡某人或某事物」，今天就來學學巧克力控相關的英文怎麼說吧！

**chocoholic　巧克力控**
I'm a chocolate addict. (I'm a chocoholic.)
我是巧克力控。

**chocolate ganache　生巧克力**
Chocolate ganache is my favorite!
我最喜歡生巧克力了！

**dark / bitter chocolate　黑巧克力**
I prefer milk chocolate to dark chocolate.
比起黑巧克力，我更喜歡牛奶巧克力。

1. 生巧克力的說法是「chocolate ganache」(巧克力甘奈許，源自法文)，但是因為生巧克力的做法其實是在巧克力中加入鮮奶油，讓口感更順滑，所以你也可以說「fresh chocolate」或是「creamy chocolate」喔！
2. 黑巧克力英文還可以說「70% dark chocolate」。

# 喝湯

「湯」在中文中都是用「喝」的，但是英文竟然不能直接說drink soup？來學學怎麼說才對吧！

**eat soup　喝湯**

I eat soup for dinner.

我喝湯當晚餐。

**take medicine　吃藥**

I have to take medicine.

我需要吃個藥。

**have breakfast　吃早餐**

Jean and I have breakfast together every morning.

珍跟我每天早上都會一起吃早餐。

**have a drink　喝（飲料／水）**

Have a drink to settle your stomach.

喝點水讓胃舒服點。

1. 國外的湯都是用「吃」的，因為普遍來說國外的湯很稠、料又滿多，不能一口直接吞入，所以對外國人來說湯也是需要「咀嚼」的。
2. 一般人應該都不會想要「咀嚼」藥吧？因為那實在是太苦了。所以吃藥英文就不說eat，而是說take medicine喔！

## 048 詢問 你吃過……了嗎？

食物也有流行性，常常有陣子某樣東西會爆紅，沒吃過好像跟不上流行。那「你吃過……了嗎？」這句英文要怎麼說？

**Have you tried... ?　你吃過（某東西）了嗎？**

Have you tried the BTS meal that is trending?

你吃過最近很紅的BTS套餐了嗎？

**Do you recommend...?　推……嗎？**

Do you recommend the meal?

你推那個餐嗎？

**I haven't tried it (yet).　我還沒吃過**

I haven't tried it yet, the meal that you mentioned.

我還沒吃過你之前說的餐點。

1. 如果說Have you eaten?是「你吃過飯了沒？」偏問候的用語。
2. 加不加yet都可以，只是加上yet更有「打算要吃」的意思。

# 049 詢問　開始內用了嗎？

疫情爆發的時候，餐廳的內用都被暫停。那內用措施的「梅花座」「隔板」的英文怎麼說呢？

**eat in　內用**

Have you started eating in restaurants (again)?

你開始內用了嗎？

**staggered seating　梅花座**

Many restaurants have arranged the seats to the staggered seating since the coronavirus hit.

自從疫情之後，許多店家都採用梅花座。

**partition / divider　隔板**

You can see partitions everywhere once you stepped into the restaurant.

一進餐廳你就能看到到處都有隔板。

吃正餐要用「dining in」，但如果只是簡單吃一吃則是用「eating in」。

## 050 詢問　中午要吃什麼？

每天都好煩惱午餐要吃什麼喔！你想好今天中午要吃什麼了嗎？「要一起去買午餐嗎？」「我有帶便當」的英文怎麼說？

**What do you want (to eat) for lunch?　你午餐吃什麼？**

也可以說：

Do you want to get something for lunch?

**get lunch　買午餐**

Want to go get (lunch) together?

要一起去買（午餐）嗎？

**lunchbox　午餐盒；便當盒**

I brought a lunchbox.

我有帶便當。

1. 如果自己帶便當，要用微波爐加熱的話，英文可以說「use the microwave to heat up lunch」。如果是用電鍋的話，則是說「use the rice cooker to heat up lunch」。
2. 「get lunch」的get比較像「外出購買」的意思，而「have lunch」則是在說「吃」午餐這個動作。

# 051 表達　我要訂位

很好吃的餐廳，有的甚至要超過一個月前就先訂位呢！那你知道「我要訂位」「靠窗的座位」等等訂位相關的英文怎麼說嗎？

**make a reservation　預約；訂位**

I'd like to make a reservation, please.

我想要預約（房間或餐位等等），麻煩了。

**table by the window　靠窗位**

Can we have a table by the window, please?

請問可以給我們靠窗的座位嗎？

**non-smoking　禁菸的**

I would like a non-smoking room.

我想要一個禁菸的包廂。

國外有的高級餐廳會規定顧客的著裝，如果穿得太過邋遢的話，可能會被認為「不尊重主廚」或是「破壞餐廳的氛圍」。在訂位的時候，可以先問店家是不是有服裝規定：

Do you have a dress code?（你們有服裝要求嗎？）

## 052 表達　這杯牛奶酸掉了

「食物酸掉了」「這道菜太鹹了啦」形容食物口味的形容詞有很多，一起來看看味道相關形容詞的細節差異吧！

**acid　酸的**

The cream has an acid taste.

這個奶油帶有酸味。

**sour　酸的；有酸味的**

These apples are a bit sour.

這些蘋果有點酸。

**salty　鹹的**

This dish is too salty.

這道菜好鹹。

1. sour也可以拿來形容人「不友善，脾氣差」，例如：
   Antony gave me a sour look.（安東尼沒好氣地看了我一眼。）
2. salty和savory雖然都是「鹹的」，但意思是有些微差異。
   savory是指帶著鹹味。所以如果你要說：「這道菜太鹹了」不能說too savory，而是要說too salty。

## 053 詢問　你敢吃辣嗎？

每次冬天一到，許多人就會想吃麻辣鍋，你也愛吃辣嗎？吃多辣？今天就來學學不同辣度，從微辣到大辣的說法！

**spicy food　辣（的食物）**

Do you like spicy food?

你敢吃辣嗎？

**broth　湯底**

Add wine, chicken broth and 2 cups of water

加一點酒、雞湯底以及兩杯的水。

**spicy hot pot　麻辣鍋**

Do you want to eat spicy hot pot together?

要不要一起去吃麻辣鍋？

1. 各種辣度的等級：
   Mild → Medium → Hot → Extra Hot
   微辣 → 小辣 → 中辣 → 大辣
2. 「Do you like spicy food ?」這個說法比較常見，而「Can you eat spicy food?」通常都是在討論到很辣的東西的時候才會這樣問。

## 054 表達　現撈的

你喜歡吃生魚片嗎？生魚片首重新鮮，買魚的時候會聽到超生動的說法：「感覺像現撈的。」這句英文又怎麼說呢？

**come out of the water / ocean**
**現撈的（從水／海裡出來）**

I swear it just came out of the water.

感覺像現撈的。

**fresh　新鮮的**

The sushi is so fresh.

生魚片很新鮮。

**a wide variety of　各式各樣的**

A wide variety of dishes.

菜色很豐富。

雖然在台灣，sushi就是專門指壽司，而sashimi才是生魚片；但其實如果在美國，sushi也是有生魚片的意思（因為對他們來說都是差不多的東西），算是統稱的感覺。

## 055 詢問　叉子咧？

要吃水果的時候找不到叉子真的好困擾，但又不想用手拿，來學學英文問「叉子咧？」和其他餐具相關的說法。

**Where are the forks?　叉子咧？**

Where are the forks? I can't find any!

叉子咧？它蒸發了嗎！

**knife　刀子**

I prefer to use a knife and fork.

我比較喜歡用刀叉。

**plate　盤子**

There's still lots of food on your plate.

你的盤子裡還有很多食物。

如果想要問「什麼東西在哪裡」的話，除了可以問「Where are / is ...?」之外，還可以這樣問：

Have you seen sth?

你有看到（某項物品）？

## 056 表達 好想吃火鍋喔！

冬天氣溫驟降，吃暖暖的火鍋是人生一大樂事，這份渴望要用英文怎麼表達呢？

**a craving　渴望；熱望**

I've got a craving for hot pot.

我好想吃火鍋喔。

**all-you-can-eat restaurant　吃到飽**

The bar has an all-you-can-eat buffet lunch for $10.

這個酒吧提供十美元的吃到飽午餐。

**buffet　自助餐**

Are you having a sit-down meal or a buffet at the wedding?

你辦婚禮想擺桌宴還是提供自助餐。

1.「好想吃火鍋喔！」也還有常見的說法：「I really want to eat hot pot!」

2.craving指的是渴望、渴求，而且幾乎是突發的、自己也不能控制的渴望！也可以當成動詞來使用：
We crave hot pot in the winter. = We have a craving for hot pot in the winter.

# 057 用語　蝦子・蛤蜊・火鍋料

俗話說「看天吃飯」，天冷就是要吃火鍋啊！那你知道蝦子、蛤蜊等火鍋料的英文怎麼說嗎？

**hot pot ingredients　火鍋料**

It's getting cold. I've got a craving for hot pot. Let's go buy some hot pot ingredients!

天氣變冷了，好想吃火鍋，來去買火鍋料吧！

**shrimp　蝦子**

Make sure the shrimp are fresh before you cook them.

煮蝦子前務必確認他們是否新鮮。

**clam　蛤蜊**

Tom ate a bowl of clam chowder.

湯姆喝了一整碗的蛤蜊濃湯。

TIPS

1. 其他和火鍋相關的器具英文有：
   ladle（湯勺）、spoon（湯匙）、sifter（篩子）、potholder（隔熱墊）等等。
2. pot是壺、罐、容器的意思。那火鍋為什麼叫「hot pot熱壺」呢？原來火鍋起源於商朝，當時的人會將熱水加入「鼎」這個容器，再放入肉類煮食。後來「鼎」這個容器就隨著時代演變，逐漸變成「鍋」這樣的容器了。

# 058 狀態　我好飽喔！

你是大胃王還是小鳥胃呢？超羨慕小鳥胃的人，餐費好省啊！就來學學小鳥胃的常用句「我好飽喔」英文怎麼說！

**full　飽的**

I'm so full.

我很飽。

**throw up　嘔吐**

I'm so full, I'm going to throw up.

我飽到想吐。

**eighty percent full　八分飽**

You should eat until you're eighty percent full.

你應該吃八分飽。

1.「我好飽喔」英文還可以說「I'm stuffed.」。
stuff動詞是「塞東西」的意思，胃被塞滿的話，就是很飽啦！

2.「我很飽」口語一點，還可以說「I'm gonna barf / vomit.」。

## 059 用語　內用・外帶

有時候想吃外面的食物，但又不想帶回家吃增加垃圾量的時候，就會選擇內用。但有時回家追劇就急著外帶，這兩個選項的英文該怎麼說呢？

**to go　外帶**

Could I get a cheeseburger to go, please?

麻煩給我一個起司漢堡外帶，可以嗎？

**for here　內用**

I'd like a matcha bagel for here.

我想要一份抹茶貝果內用。

**takeout　外賣**

I'd like to order some takeout.

我想要叫外賣。

外帶除了說「to go」之外，也可以說「take out」或「take away」。另外，如果要打電話叫外賣，而且要使用外送到府的服務的話，英文可以這樣說：

I'd like to place an order for delivery.（我想要叫外送。）

## 060 詢問　你們在排豬血糕嗎？

你喜歡台灣小吃嗎？好吃的小吃大排長龍。除了豬血糕、烤玉米、滷味這些超道地的台灣小吃英文怎麼說呢？一起來看看吧！

**line up for...　排隊**

Are you (all) lining up for pork blood cake?

你們在排豬血糕嗎？

**braised dishes　滷味**

Are you all lining up for braised dishes?

你們在排隊買滷味嗎？

**grilled corn　烤玉米**

Are you all lining up for grilled corn?

你們在排烤玉米嗎？

1. 烤玉米也可以說「corn on the cob」。
2. 滷味的英文是「braised dishes」，「braise」是指用火炖的意思，dish則是指菜餚。
3. 在主題句型中，all是強調人很多，可以省略。

# 061 用語　菜鳥・馬屁精

職場就是社會的縮影，辦公室裡各式各樣的人都有。而各樣的人，在英文中都有特殊的說法喔！一起來看看吧！

**newbie　菜鳥**

Kim is the newbie in office.

金是這個辦公室的菜鳥。

**brown-noser　馬屁精**

I'm fed up with those brown-nosers.

我受夠那些馬屁精了！

**top dog　最有權勢的人**

Sam has never concealed his ambition to be the top dog.

山姆從不隱藏他想成為最有權勢的人的野心。

1. top dog的起源眾說紛紜，有一說法是19世紀有一首詩衍伸了underdog（弱者）這個說法，而top dog這個詞作為反義詞，也就跟著誕生了。
2. 我們最常聽到英文「拍馬屁」的說法應該是「kiss someone's ass」親某人的屁股，那「brown noser」就是從這個片語衍伸來的，而且原因還令人很矮額。如果對某人超級阿諛奉承，甚至親對方的屁股，那鼻子可能就會被弄成棕色的………嗯哼，you know why～所以這個單字就成了馬屁精的意思。

## 062 用語 牛市・熊市

股價漲了又跌，跌了又漲，股民的情緒也跟著起起伏伏，讓人心情也跟著坐雲霄飛車……讓我們一起來學習股市相關的英文吧！

**bull market　牛市，多頭市場**

Stock prices are rising in the bull market, and many investors expect to rake in a lot of money.

牛市中，股價上漲，投資者也期望從中獲利。

**bear market　熊市，空頭市場**

Analysts believed that the bear market would soon come to an end.　分析師認為，熊市即將結束。

**trade　證券買賣**

Mike does not need to work for a living. He made his fortune from trading.

麥克不需要工作謀生，他從股票交易中獲得財富。

1. 牛市指的就是股票看漲，至於為什麼是牛？一種說法是鬥牛時牛會將頭往上頂，就如同股票上漲。另一個說法源自法語「bulle sp culative」（投機泡沫），bulle在法語就是泡沫之意，但傳著傳著，竟然變成英文bull，也就是牛啦！
2. 熊市指的就是股價走低的情勢。據說熊在進行攻擊時，熊掌和軀體都會向下撲，於是就被用來形容股市下跌的現象。

# 063 用語　收支平衡・創新高

商業簡報中少不了的就是各種圖表，在做好簡報和圖表後，接著就是透過口說傳達圖表的內容了！但要怎麼說才顯得專業呢？

**break-even　收支平衡**

We're expected to reach break-even.

今年我們有望達到收支平衡。

**a record high　創新高**

Sales of our new line of products have rocketed to a record high.　我們新系列產品的銷售迅速上升到歷史新高。

**peak　到達頂峰／最大值**

Shipments went down last month for the first time in more than 5 years.

上個月的出貨量出現了5年來的首次下跌。

來學學各種圖表的英文怎麼說！

diagram：最廣泛的圖表說法，任何圖、圖表都包含在內。

graph：通常在比較兩個東西的圖表。

chart：圖表；曲線圖

line chart / line graph：折線圖

pie chart：圓餅圖

bar chart：長條圖

# 064 心情　要收心了・好厭世

每次只要到連假的最後一天，都會忍不住有點厭世，如果每天都放假的話多好啊！就來學學「收心」和「厭世」的英文怎麼說吧！

**get back into work mode　收心（上班族）**

A good breakfast can help you get back into work mode.

好吃的早餐可以幫你收心。

**get back into study mode　收心（學生）**

You should get back into study mode after a long weekend.

長假過後你應該要收心。

**cynical　厭世的**

The one-week holiday is about to come to an end, and I've started to feel cynical about everything.

一週的假期就要結束了，我開始對一切都很厭世。

cynical就是「厭世的；憤世嫉俗的」的意思。而「厭世」這個字的意思就是指某人「消極悲觀，對人生不抱希望」，這個狀況就可以用厭世來表示啦！

# 065 狀態　沒時間

說到「我沒時間」，直接說「I have no time.」有點像是命令，不太有禮貌，所以別再這樣說啦！

**I'm tied up.　我走不開**

I'm tied up in a meeting at the moment, so call me later.

我現在在開會，人走不開，等等再打給我吧！

**I've got a lot going on.　我有很多事要忙**

I've got a lot going on. I don't have time for a lunch break today.

我很多事要忙，今天沒時間吃午餐。

**I'm a bit pressed for time.　我時間緊迫**

I'm a bit pressed for time, so I'm just popping out for a few minutes to grab a bit to eat.

我事情有點多，所以打算出去幾分鐘吃點東西就好。

1.「be tied up」的意思就是「忙到抽不開身」。
2. 例句二的類似用法還有「I've got a lot to do.」。
3.「grab a bit to eat」的意思就是匆匆吃個東西。

## 066 電話 幫你轉接

雖然現在e-mail很盛行，但還是有要用電話直接溝通的時候。今天小編就要帶你一起來學幾個講電話超實用的英文句型！

**put sb through to... 幫某人轉接到……**

Please hold and I'll put you through to his office.

請別掛斷，我幫您轉接到他的辦公室。

**Can I speak to... ? 可以請……接電話嗎？**

This is Dave. Can I speak to Paul?

我是戴維。可以請保羅接電話嗎？

**at the moment 目前**

Rita is not in at the moment.

瑞塔目前不在這邊。

1. 接起電話要表明身分時，不可以說「I'm...」而是用「This is...」或「 It's...here」。
2. 「put sb through to」也可以說「connect sb with」
3. 如果要問一個人有沒有空，可以直接用available。例如：
   I'm sorry, but he's not available now.（很抱歉，他現在沒空。）

# 067 開會　抱歉打個岔・回歸正題

開會的時候有很多事要討論，大家也可能會有不同的意見。如果想要在別人說到一半的時候，趕緊補充一些資訊的話，英文要怎麼說？

**cut in　打岔；插話**

Excuse me. May I cut in here?

對不起，我可以打個岔嗎？

**return to my point　回歸正題**

So, returning to my point, we have to increase our sales.

那麼，回歸正題，我們得提高業績。

**interrupt　打斷**

Sorry to interrupt, but I have a question.

抱歉打斷一下，不過我有個問題。

如果想要別人先不要插嘴，讓你把話說完，這時候英文就可以說：
Please let me finish what I was saying.（請讓我把話說完。）
Excuse me, I wasn't finished yet.（對不起，我還沒說完。）
Please don't interrupt while I'm talking.（我說話的時候請不要插話。）

## 068 詢問 我可不可以……

有事情想要拜託別人的的時候，都會想要客客氣氣地問對方「我可不可以……」就來學一下怎麼說會顯得你很有禮貌吧！

**Could (you / I)... （你／我）可不可以……**

Could you tell me what time it is, please?

請問你是否能告訴我現在幾點了呢？

**May I... 我可以……**

Hello, may I speak to Bruno, please?

你好，我可以和布魯諾通話嗎？

**I was wondering if I... 我想知道是否……**

I was wondering if you could do me a favor.

我想知道你是否能夠幫我個忙。

1. 說到「我可不可以……」大部分的人都會直接想到「Can I...」只要把Can改成Could，就會更有禮貌一些喔！
2. 例句三「I was wondering if I...」這句是超有禮貌的說法！這邊用過去進行式，是表示「委婉」，並不是真的有「過去」的含義喔！另外，這個句型要注意的是，這邊雖然有表達「疑問／請求」，但是句尾使用的是句號，而不是問號。

# 069 表達　我覺得……

想表達自己的看法時，你的起手式是不是「I think...」？可是一直這樣講太無聊了，一起來學習更多「我覺得」「我認為」的說法吧！

**My impression is that...　我的印象是／我覺得……**

My impression is that they're satisfied with your proposal.

我是覺得他們對你的提案很滿意。

**I would say that ...　我會這麼說／我認為……**

I would say that the party was a success.

我覺得這個派對辦得很成功。

**In my humble opinion...　依我個人拙見……**

In my humble opinion, the judges were wrong.

依我個人拙見，裁判們錯了。

1.「be under the impression that」則是「誤以為………」
2. 如果想要「禮貌地表達批評」的時候，也可以用「If you don't mind me saying.」。例如：
   If you don't mind me saying, I think the dress doesn't suit you at all.（無意冒犯，但你完全不適合這件裙子。）

# 070 詢問　問一下喔……

「問一下喔，這個怎麼弄？」覺得有點不好意思開口的時候，先說「問一下喔」來開頭超好用的，那要怎麼用英文說呢？

**I'm curious...　問一下喔……／我很好奇……**

I'm curious...Do you have a girlfriend?

問一下喔，你有女友嗎？

**I was wondering...　我想知道……**

I was wondering... Did you get my message?

我想知道你有沒有收到我的訊息？

**I gotta ask...　問你喔……**

I gotta ask... Did you break up with your girlfriend?

問你喔……你是不是跟你女友分手了？

1.「I'm curious...」是最不會給人壓力的說法。
2.「I was wondering」則是比例句一更想知道答案，也是最常使用的說法。
3.「I gotta ask」則是最直接、最口語的用法，通常是對朋友才會這樣說。大人的話則會說「I have to ask」。

# 071 話術 我稍後回覆你

各位薪水小偷好！你是不是有過上班摸魚，主管問進度的時候你只能裝傻帶過？就來教你碰到不會回答的問題，怎麼說才不會像「I don't know.」聽起來完全狀況外！

**I'll get back to you later.　我稍後回覆你**

Let me get back to you by 11.

我11點前回覆你。

**I'll have more information for you soon.**

**我等等給你更多資訊**

Good question. I'll have more information for you soon.

好問題。我等等給你更多資訊喔

**I'll find out.　我會弄清楚的**

I'm not quite sure. I'll find out and let you know.

我不是很確定耶。我會弄清楚，然後再跟你說。

1.「find out」是「查找」的意思。
2.例句一「get back to sb」是「回覆某人／回電給某人」的意思。另外，你也可以在這個句子加入明確的時間。

## 072 協助　可以幫我嗎？

如果碰到無法處理的事情，我們總會需要請求別人的幫助。除了最常見的「Can you help me, please?」還有什麼其他的說法？

### Would you mind...?　可以幫我……嗎？

Would you mind handing me the book?
可以幫我把那本書遞過來嗎？

### I need a hand.　我需要援手

I need a hand to deal with the research paper. I can't do it alone.
我需要人幫我處理這份研究報告，我一個人做不來。

### Can you do me a favor?　能幫我一個忙嗎？

This chest is so heavy. Mike, can you do me a favor?
這個箱子真重。麥克，你可以幫我一個忙嗎？

1. 例句一「would you mind」後面要接V-ing，而且這句表面上的意思雖然是「你介意……嗎?」但其實就是在暗示別人「可不可以幫這個忙」的意思。
2. 例句二的類似用法還有：
   Give me a hand, please.（請幫幫忙。）
   Would you lend me a hand?（能幫我一下嗎？）

## 073 表達　我想請假

不論是懶得上班、真的生病，還是有事要處理，我們都會免不了有需要請假的時候，來學學請假相關的英文吧！

**sick leave　病假**

I would like to take sick leave this afternoon. I'm not myself today.

我今天不舒服，下午想請病假。

**day off　事假**

Hi, Mr. Roberts, this is Mike. I would like to ask for a day off.

您好，羅伯茲先生，我是麥克。我想請一天事假。

**cover for sb　代班**

John will cover for me while I'm on my leave.

約翰會在我休假的時候帶我的班。

1.「打電話請病假」的英文是「call in sick」。
2.「正在休假中」的英文可以說「be on leave」。
3. 其他休假的英文：
annual leave（年假）、paid leave（帶薪假）、unpaid leave（不帶薪假）、maternity leave（產假）

## 074 用語　一對一會議

有些人說到「一對一」，會用one by one，但其實意思不太正確喔！就來一起學學正確的用法怎麼說吧！

**one-on-one　一對一的**

I feel nervous when talking one-on-one with people.

和別人一對一談話的時候，我感到很緊張。

**one-to-one　一對一的（英式）**

Helen's performance wasn't up to snuff. She needs one-to-one training.

海倫的表現不如預期。她需要一對一的訓練。

**one versus one　一打一（用於遊戲或比賽）**

In the video game, you'll have to fight one versus one against players in your level.

在這個電玩中，你要和同等的玩家進行一打一的決鬥。

1.「one-on-one」和「one-to-one」還可以當名詞用，意思就是指「一對一的談話」。例如：
Every Friday, I have one-to-ones / one-on-ones with my manager.（每個週五，我都會和經理進行一對一的談話。）

2.很常被誤用的「one-by-one」的意思是「one after the other」，也就是一個接一個。

# 075 附議　我們看法一致

在開英文會議的時候，要怎麼表示同意或反對呢？今天就要來教你幾個技巧，讓你說起話來超有說服力，還不會冒犯到人。

**agree with sth　同意（某事）**

I absolutely agree with your proposal.

我完全同意你的提案。

**one the same page　意見或立場相同**

We're on the same page when it comes to this issue.

有關這個議題，我們的看法一致。

**be in agreement (with sb) about sth**

**針對某事（與某人）意見一致**

We are in complete agreement about the office design.

我們和你在辦公室設計上的意見完全一致。

1. 如果要表達反對，你可以這樣說：

   I beg to differ.（抱歉我無法贊同。）

   I'm not sure I can agree.（我恐怕無法同意。）

2. 詢問意見，你可以這樣說：

   Are we all in agreement?（大家意見都一樣嗎？）

   Do you have another opinion?（你們有其他意見嗎？）

# 076 表達　我忘了打卡！

上班最嘔的就是月底忘記打卡，全勤獎金毀於一旦，你都會記得打卡嗎？知道「打卡」「差一分鐘就遲到了」的英文怎麼說嗎？

**clock in / out　打卡（上班／下班）**

Ah! I forget to clock in / out.

啊！我（上班／下班）忘記打卡。

**swipe one's card　用識別證打卡**

Staff now clock in by swiping their card.

員工用他們的識別證打卡。

**to spare　剩下；多餘**

I clocked in with a minute to spare.

我差一分鐘就遲到了。

1. 要提醒同事打卡的話，你可以這樣說：
   Remember to clock in / out.（記得打卡喔！）
2. 例句三的類似說法還有這些：
   I arrived at the last minute.（我在最後一刻抵達。）
   One more minute and I would have been late.
   （再晚一分鐘我就會遲到了。）

# 077 商量　現在方便嗎？

想要和同事商量事情的時候，你可能會先問「有空嗎?」「現在方便嗎?」用英文要怎麼表示呢？

**have a minute　有空**

Do you have a minute? I want to talk to you.

你現在方便嗎？我想跟你聊聊。

**have time　有時間**

Do you have time? Jack wants to discuss the project with you.

你有空嗎？傑克想跟你討論那個專題。

**overloaded　事情超多**

I'm overloaded. Please talk to me later.

我事情超多，等等再講。

1. 例句一也可以說「Do you have a moment?」
2. 如果要更直接的問對方有沒有空，可以用「Do you have time?」只是要特別注意，不要說成「Do you have the time?」多一個 the，意思就變成「現在幾點?」

## 078 感謝　辛苦了

平常要下班的時候，是不是會對還沒離開的同事說「辛苦了」呢？另外「加班」「別太拚命」的英文又要怎麼說呢？一起來學習吧！

**That's rough / tough.　辛苦了**

That's rough. I'm heading out.

辛苦囉，那我先下班了！

**overtime　加班**

Are you working overtime?

你要加班喔？

**Don't work too hard.　別太拚命**

Don't work too hard. You should take a break.

別太拚命，要記得休息。

1.「That's rough / tough.」是比較直接的翻譯，相比中文的「辛苦了」比較注重內心的感受，這句話比較是用來形容「狀況很艱難」的感覺。

2.「Don't work too hard.」這句是美國的文化可能說的方式，工作上常用。

# 079 陳述　我年終……個月

你夢想中的年終獎金應該是幾個月呢？當然多多益善！來看看「年終獎金」「尾牙」「抽獎」的英文怎麼說！

**year-end bonus　年終獎金**

I received two months of salary as a year-end bonus.

我年終兩個月。

**year-end party　尾牙**

When is the year-end party going to start?

尾牙什麼時候開始？

**lucky draw　抽獎**

I heard there's going to be a house in this year's lucky draw.

我聽說今年幸運獎會有一棟房子。

1.「尾牙」另外也可以說「year-end banquet」或「annual party」。
2.「lucky draw」中的draw是當名詞使用，意思是「抽籤、抽獎」的意思。

## 080 表達　先暫定……

當一件事情還沒完全確定的時候，只能先暫時訂一個計畫、邊走邊看，有更動的時候再調整。這樣的情況英文要怎麼說呢？

**pencil in　暫定**

I'll pencil you in for a meeting next Friday.

先暫定你下週五開會。

**( date / day / time）is fine　（某日／某天／時間）可以**

Sure, Friday is fine with me.

好啊，我星期五可以。

**make it for another time　改約時間**

Can we make it for another time?

我們可不可以改約其他時間？

About the meeting next week: Can we make it for another time?

關於下星期的會議，我們能不能改約其他時間？

pencil在「I'll pencil you in」這句的用法裡面當作動詞用，有「用鉛筆寫」的意思。因為計畫還沒確定的時候，可能會有更動，所以用鉛筆寫，這樣才能夠在更動的時候擦掉和更正。

CHAPTER 2

# 網路世界篇

# 081 調查　沒圖沒真相・正義魔人

PTT鄉民間或是網友間有很多特殊用語，像是「正義魔人」「沒圖沒真相」等等，那在英文中有沒有類似的說法呢？一起來學習吧！

**Pics or it didn't happen.　沒圖沒真相**

Pics or it didn't happen. Show me the pictures!

沒圖沒真相，照片拿來！

**SJW (social justice warrior)　正義魔人**

I'm done with the social justice warriors! How I raise my children is none of their business.

受不了那些正義魔人！我要怎麼教我的小孩到底干他們什麼事。

**Don't feed the trolls.　認真就輸了**

Keep calm and don't feed the trolls.　保持冷靜，認真就輸了。

1.「Pics or it didn't happen」中，pic為picture照片之意。另外可以說「Videos or it didn't happen」沒影片沒真相啦。
2.SJW是「social justice warrior」（正義魔人／社會正義戰士）的縮寫，指的就是那些把自己的道德標準加諸到別人身上，甚至到處出征的人。
3.例句三中troll這個字本來指「山精」「山怪」，但在網路世界中，他可以拿來指人是「酸民」，也可以拿來指言論是「酸言酸語」！另外酸民你也可以用hater這個字。

# 082 趣味　這很有梗耶

「這圖很有梗」「這影片太有梗了吧」你是不是也很常這樣說？那要怎麼用英文表示「很有梗」呢？一起來學習吧！

**the punchline of a joke　梗**

The punchline of the joke had everyone in stitches.

那個笑話的梗讓大家都大笑了。

**interesting / entertaining　有趣的**

That TV show is entertaining.

那個電視節目滿有趣的。

**lit　很好笑，很好玩的；很酷**

That party was lit!

那場派對超好玩！

1. 有時候笑話可能前面有很長一段鋪陳，最後一句才爆出那個笑點，那就是「the punchline of a joke」也就是「梗」。但是這個詞只限定笑料在笑話的最後一句喔！你也可以說「the conclusion of a joke」「the core of a joke」。
2. lit 這個字在美國年輕人之間很常用，它源自 light（點燃），指的是「很好笑好玩、很酷的」的意思，可以拿來指電影、頻道、音樂等等。

## 083 帳號　主帳・小帳

有些人會開不只一個IG帳號，而且這些帳號還有「大小」「功用」之分。那「主帳」「小帳」英文怎麼說？

**rinsta　主帳**

Should I post this on my rinsta or my finsta?

我這個該發在主帳還是小帳啊？

**finsta　小帳**

Did you see Helen's finsta? It's so funny.

你有看海倫的小帳嗎？超好笑的。

**DM　私我（私訊我）**

DM me for more information.

想知道更多訊息就私訊我。

1. finsta其實是「fake instagram」的縮寫，finsta指的就是比較私密、通常只給很熟的朋友追蹤的帳號，裡面比起主帳，會多流露一點真實情緒XD。
2. 相對於finsta，rinsta則是「real instagram」的縮寫！在主帳上面，通常會展現自己生活中美好、甚至故意讓人羨慕的一面。
3. DM是「direct message」的縮寫，指的是「私訊我」「密我」的意思。

# 084 直播 直播主・乾爹

這幾年直播真的是越來越夯，常常聽到的「直播主」「乾爹」「實況」等等的英文怎麼說呢？一起來學習吧！

**streamer　直播主**

That streamer yesterday was very interesting.

昨天那個直播主很有趣。

**sponsor　乾爹；贊助商**

How many sponsors have you got?

你有多少個乾爹（贊助商）啊？

**live streaming　直播**

TV3 is live streaming the show through its website.

TV3正在自己的網站上進行直播。

1. streamer也可以說成「online streamer」或「internet streamer」。
2. 在台灣，會「斗內doante」直播主的人被稱為「乾爹」，但別想到歪歪的「sugar daddy」去，直播裡的乾爹其實就是sponsor（贊助商）的意思。而「sugar daddy」普遍指年紀較大、有雄厚經濟能力，會提供錢給女生換取陪伴或更多的男人。
3. live是「現場直播的」，stream是「在線收聽、收看」的意思。

# 085 鄉民　網軍・分身帳號

新聞中常常會提到「網軍」和「分身帳號」。你有分身帳號嗎？小編是有好幾個啦！ 今天一起來學學他們的英文怎麼說吧！

**cyber warrior　網軍**

Some people with their own personal agendas often deploy cyber warriors to spread their ideas.

有心人常會使用網軍來散播自己的想法。

**dummy account　分身帳號**

Joseph has several dummy accounts on PTT.

喬瑟夫在批踢踢有幾個分身帳號。

**netizen / internet user　鄉民；網民**

The word "netizen" refers to active users of the internet, including those who use PTT.

「網民」這個詞指的是網路使用者，包含那些用PTT的人。

1.cyber是「網路的」的意思。

2.dummy意思是「假的」。

3.「網民；鄉民」其中netizen是由net(網路)＋citizen(居民；市民；公民)組合而成。

# 086 事故　當機

大家應該都有在用IG跟臉書吧？如果有一天當機、不能發文的話，你會不會很崩潰？畢竟記錄生活很重要，那你知道「當機」英文要怎麼說嗎？

**down　停止運作**

Facebook is down. I can't send messages through Messenger.

臉書當機了，我沒法用Messenger傳訊息。

**outage　故障；中斷；失效**

Instagram is now coming back online after an outage that lasted about six hours.

在持續六小時的故障後，IG現在已經重新上線。

**flood　大量湧入**

Facebook and Instagram were not accessible last night, so the users flooded Twitter.

昨天FB和IG都進不去，所以使用者們紛紛湧入推特。

1.down是很口語的說法，當形容詞除了可以指「心情低落的」，也可以指電腦或系統當機。

2.outage除了「停電」的意思，還可以指「故障；中斷」。

# 087 用語　潛水・撿到槍

看到有些人在網路上很嗆，會說那個人「撿到槍」，但你知道英文怎麼說嗎？不吭聲的「潛水」又怎麼說？

**speak provocatively　撿到槍**

He spoke too provocatively. I felt insulted.

他講話很衝，我覺得被冒犯到了。

**stop meddling　你住海邊喔！（干涉太多）**

Could you stop meddling with things that do not concern you?

你住海邊喔？可不可不要管不甘你的事啊？

**lurker　潛水**

I'm just a lurker on the Internet.

我在網路上只潛水。

1. 形容詞provocative是「挑釁的」「煽動的」的意思，「speak provocatively」指講話很衝、很有攻擊性，和撿到槍很類似。
2. 雖然說英文是不會直接說「Do you live by the sea?」但你可以用 meddle「干涉；管閒事」這個字，說「Stop meddling」叫別人不要管太多！
3. lurker是潛水者，指那些在只瀏覽、不留言不發文的網路使用者。lurk動詞本身就有「悄悄潛伏」的意思喔！

# 088 遊戲　狼人殺・預言家

「天黑請閉眼……」電玩「殺人狼」許多朋友在玩，從電玩中也可以學到很多實用有趣的英文，我們來看看有那些！

**The Werewolves of Miller's Hollow　狼人殺**

The Werewolves of Miller's Hollow is a game that takes place in a small village which is haunted by werewolves.

狼人殺的遊戲背景是設定在一個狼人經常出沒的小村莊。

**seer　預言家**

The Seer wakes each night and targets a player.

預言家每個晚上都會甦醒並且指定一位玩家。

**moderator　主持人**

The moderator is the player in charge of running the game.

主持人就是負責主持遊戲。

1.「狼人殺」是由法國人所發明的遊戲，原名是「米勒山谷狼人」。werewolf是「狼人」的單數，複數型則是werewolves。
2.「預言家」英文其他的說法還有foreteller, prophet以及fortune teller。
3. 其他狼人殺的角色還有villager（村民）、savior（守衛）。

## 089 錯失　社群恐懼

你每天看IG的次數是否多到數不清？感覺少滑一點就會錯過什麼流行的話題？那你知道現象其實這個也有個英文名字嗎？

### FOMO　社群恐懼

I haven't been invited to the party on Saturday, so I'm suffering from FOMO.

我沒被邀請參加上星期六的派對，有種錯過什麼的感覺。

### JOMO　錯過的樂趣

Sarah enjoys the feeling of JOMO. She doesn't care if she misses out on some interesting events.

莎拉享受錯過的樂趣，錯過有趣的話題對她來說也沒差。

### seek out　尋找，找出

While he was at the library, Steve decided to seek out some information on the history of the area.

史蒂夫在圖書館的時候，決定查找一些有關該地區歷史的資訊。

1. FOMO是「fear of missing out」的縮寫，意思是「錯失恐懼症」，也稱作「社群恐懼症」。 意思指的是擔心錯過有趣的活動或是朋友們的話題等等，而產生的一種不安感。
2. JOMO則是「joy of missing out」的縮寫，意思就是享受錯失的樂趣，而不會因為錯過而感覺到不安。

## 090 遊戲 很可疑喔

你有沒有玩過《Among Us》（太空狼人殺）？當某個玩家看起來很可疑的時候，其他玩家都會說「你看來很可疑耶」，這句英文應該要怎麼說呢？

**sus　可疑的**

That fact that you're asking is kinda sus, tbh.

你問的這件事有點可疑耶，說實在的。

You look sus. Are you the imposter?

你看起來超可疑。該不會是偽裝者吧？

**suspicious　可疑的，引起懷疑的**

Her behavior was very suspicious.

他的舉止相當可疑。

1.sus這個字用法最早可追回到1920年，但在2020年時因為一款遊戲《Among Us》，讓這個字成為流行的單字。遊戲中另外一個特殊的用法則是「sussy baka」（可疑的笨蛋），這個遊戲中sussy意思是「可疑的」、baka則是日語的「笨蛋」的意思。但sussy baka這個用法比較不建議用在日常生活中。

2.kinda = kind of（有點 ）；tbh = to be honest（老實說）。

## 091 遊戲　英雄聯盟

常玩LOL的你，知道遊戲裡的角色語音都在說些什麼嗎？就讓小編來為你詳細解說，以後在召喚峽谷裡你就能玩得更盡興！

**on duty　執勤**

Captain Teemo on duty.

提摩上位隨時待命。

**cocky　狂妄的；驕傲的**

Don't be cocky.

別太得意。

**backward　反向的**

You've got it backward. You said Nasus was a god, but he's just a dog!

你弄反了。你說納瑟斯是個天神，但他其實只是隻狗！

例句一是Teemo提摩所說。

例句二是Miss Fortune好運姐所說。

例句三是Yuumi悠咪說的。這句的意思是，納瑟斯不是g-o-d，而是反過來的d-o-g！

## 092 圓場　嗯，好喔

如果有人跟你炫耀或是講很浮誇的事時，你都怎麼回答咧？「嗯，好喔」然後附上一個尷尬又不失禮的微笑。但英文怎麼說呢？

**weird flex but ok　嗯，好喔**

"When I was young I had to walk 7 miles just to go to school." 「我年輕的時候都要走七英哩上學。」

"Weird flex but ok." 「嗯，好喔。」

**flex　使（肌肉）緊繃**

He tried to impress me by flexing his huge muscles.

他緊繃他那些大塊的肌肉，想吸引我注意他。

**weird　怪異的**

Her boyfriend's a bit weird but he's nice.

她的男友有點怪，不過人很好。

1.「weird flex but ok」還可以寫成「odd flex but ok」。
2.flex當動詞意思是「使（肌肉）緊繃」的意思，延伸的意思就是「向他人炫耀（某事）」。
3.這個用法源自於Twitter（推特）的一則推文回覆。最早是一個推特用戶用了「weird flex but ok」來回覆人權激進分子的推文，之後這句話就在社群媒體上被大量使用。

# 093 用語　他是豬隊友

念書或分組活動時最怕遇到豬隊友，因為超雷的隊友有時比敵手更有殺傷力，害整組被當或是企畫失敗。然「豬隊友」的英文會有pig出現嗎？

**weak teammate　豬隊友；很雷的組員**

I teamed up with Terry last semester, and he was such a weak teammate.

上學期我和泰瑞一組，他是超雷的豬隊友。

**flunk　被當；不及格（口語說法）**

I was totally unprepared for the presentation, and I flunked.

我完全沒準備報告，所以被當了。

**bomb　（某科考試）考得很差**

I bombed the quiz.　我的小考考超爛。

exam, quiz, test哪裡不一樣？

exam: 大型、正式的集體考試，像是期中考（the midterm exam）、期末考（the final exam）、入學考試（the entrance exam）。

quiz: 指的是小考，像是隨堂考或抽考「pop quiz」（沒有先通知就臨時考的小考試）。

test: 泛指各類的考試。

## 094 用語　財務自由

你是不是也常常聽到「財務自由」這個詞？「經濟獨立」「財務安全」這些常用的英文又該怎麼說呢？

**financial freedom　財務自由**

What does financial freedom mean to you?

財務自由對你來說是什麼？

**financial independence　經濟獨立**

She began to experience financial independence.

她開始經濟獨立。

**financial security　財務安全**

Ensuring financial security for my eldest daughter when I'm no longer here.

我不在的時候，請確保我大女兒的財務安全。

1.financial freedom（財務自由）：指的是工作並不是為了錢，而錢完全夠用的狀態。
2.financial independence（經濟獨立）：指的是你的被動收入剛好可以支撐目前的生活。
3.補充單字：financial prisoner（財務困窘）。

# 095 用語 先不要暴雷

還沒追完劇或是去看電影的時候，最怕不小心被爆雷了！「爆雷」「劇透」「有雷慎入」的英文怎麼說呢？

**No spoilers! 先不要暴雷喔！**

Don't tell / give me any spoilers.

先不要暴雷喔！

**reveal 透露**

You shouldn't reveal anything.

你先不要劇透。

**spoiler alert 防雷（警告，以下有雷）**

Oh -and spoiler alert- they get married.

喔，——以下有雷—— 他們結婚了。

1.「你不要劇透」英文還可以這樣說：

You shouldn't spoil anything.

You shouldn't give away anything.

2.如果要跟對方說「我還沒看」或「我要自己看」則可以這樣說：

I haven't seen it yet.（我還沒看。）

I want to watch it myself.（我要自己看。）

# 096 用語　歪樓

每次和朋友聊天的時候，小編都是負責歪樓的那個人，而且蓋的樓還會越來越歪XD。你知不知道「歪樓」的英文怎麼說？

**go off-topic　歪樓**

Let me go off-topic a bit. Have you watched the new superhero movie yet?

我歪個樓，你看過那個新的超級英雄電影了嗎？

**off the point　歪樓**

I'm afraid what you're saying now is off the point.

那個……你現在講的有點離題。

**unrelated　無關聯的；不相關的**

Police said his death was unrelated to the attack.

警方說他的死和那次的襲擊無關。

如果想要把話題帶回來，可以試試看用下面幾個句子：

Going back to the topic,...（回到主題）

Anyway...（總之……）

As I was saying...（就像我剛剛說的……）

To continue what I was saying before...（繼續我剛剛說的話題……）

# 097 用語　玻璃心

是否常常聽到人家說「玻璃心碎了滿地」？那你知不知道「玻璃心」的英文要怎麼說？

**snowflake　玻璃心（的人）**

These poor little snowflakes can't handle losing the game.

這些人真的很玻璃心，不接受比賽輸了的事實。

**unique　獨一無二的**

I'd recognize your handwriting anywhere - it's unique.

無論在哪裡，我都能認出你的筆跡——太與眾不同了。

**special　特殊的；特別的**

I have a suit for special occasions.

我有一套專門在特殊場合穿的套裝。

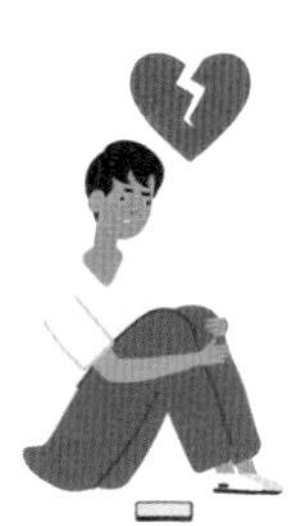

1. snowflake用來形容人「玻璃心」的用法，最早從電影《鬥陣俱樂部》裡面的「You are not special. You are not a beautiful and unique snowflake.」（你並不特別，你也不是美麗、獨一無二的雪花）這句台詞而來。因為snowflake（雪花）給人的印象就是非常脆弱、且容易在碰到的時候融化，而這樣的意象就被用來形容敏感、情緒化的人。
2. snowflake generation雪花一代。用來指感情脆弱、容易動怒的年輕人們。

# 098 用語　笑爛

朋友傳給你好笑的東西時，你會怎麼回覆？「笑爛」「笑死」「大笑」，這些英文要怎麼說？

## sending me　笑爛

That meme on the internet is just sending me.

網路上的迷因真的笑爛我。

## LMAO　笑死

I was LMAO reading all the comments.

留言真的笑死我。

## LOL　大笑

I put my shorts on back to front this morning LOL.

我今天早上把短褲穿錯邊，笑爛。

1.「sending me」用來表示某人做了某事，或說話戳中你的笑點。此外，也能夠用來表示讓人感到興奮的狀態或是情緒喔！
2.LMAO是「laughing my ass off」的縮寫。
LOL是「laugh out loud」的縮寫。
3.其他國家的「哈哈哈」都怎麼表達？
wwwww（日本）；源自日語的「笑」（わらい warai）中的w。
jajajaja（西班牙）：西班牙的j發h的音，所以等於hahaha。
mdr（法國）：mort de rire（笑死的意思）
555（泰國）：泰國的5唸起來就是ha。

## 099 追劇　嗑 CP

你常追劇或看動畫嗎？有沒有嗑的CP (couple)？學會就可以跟別人用英文介紹你喜歡的CP了！

**ship / shipping　嗑CP**

I ship them.　我嗑他們這對。

**shipper　CP粉**

I'm shipper of Jack and Rose.

我是傑克與蘿絲的CP粉。

**couple　夫妻；情侶**

An elderly couple live next door.

一對老夫妻住在隔壁。

1.ship這個詞是relationship（關係）的縮寫。這樣的用法最早從網路開始使用，而漸漸在青少年間流行起來。舉例來說，如果討論到《鐵達尼號》的傑克與蘿絲，一般來說都會說「Jack and Rose are a perfect couple（傑克和蘿絲是對很棒的情侶）」；但是如果是他們的粉絲，則會說「I ship Jack and Rose.（我嗑傑蘿CP）」。

2.如果要說自己嗑的CP在一起了，英文可以說canon；相反的，如果嗑的CP 沒有在一起，而只是粉絲的想像的話，英文則可以說non-canon。

## 100 用語　炎上

在網路上常看到「炎上」一詞，和「爭辯」「吵架」有何差異？這個字的定義及用法，如果換成英文會是怎麼說？

**shitstorm　炎上**

You've started a shitstorm on the forum.

你在社群掀起一波論戰。

**argument　爭辯**

He got into an argument with Nick in the pub last night.

他昨晚和尼克在酒館裡起爭執。

**squabble　爭吵**

Mandy and Lucy were having a squabble about who was going to hold the dog's lead.

曼蒂和露西為了誰要牽狗而爭吵。

1.「炎上」這個詞最一開始是日語的用法，唸作えんじょう (enjo) 。特別指網路上的話題或是事件造成突然的爆發或憤怒，像火焰般一樣延燒。英文shitstorm表示「一群人互相爭論不斷」，並且「一發不可收拾」的情況。
2.argument特別是指「言語上的」爭吵。
3.squabble用來指「肢體上的」爭吵。

## 101 用語　好ㄎㄧㄤ喔

你身邊有朋友有時候有點ㄎㄧㄤ ㄎㄧㄤ的嗎XD？「ㄎㄧㄤ」的狀況可能不只一種，到底有哪些呢？一起來看看吧！

**tipsy　茫；酒醉的ㄎㄧㄤ**

I have drunk a few bottles of beer, so I'm a little bit tipsy right now.

喝了幾瓶酒後，我現在有點ㄎㄧㄤ。

**silly / wild　好笑的ㄎㄧㄤ**

It's silly that Heidi didn't notice the glass door and just walked right into it.

海蒂沒有注意到玻璃門直接撞上去，真的很ㄎㄧㄤ。

**high　很嗨的ㄎㄧㄤ**

I'm high right now because my friends and I had a lot of fun at the rock festival.

我現在很ㄎㄧㄤ，因為我跟我朋友在搖滾音樂節玩得很開心。

1. tipsy原本的意思是在形容走路時「東倒西歪」的感覺；後來延伸用來形容喝酒後「有點茫」。另外也可以說「drunk」或是「out of it」，來表示這個人已經喝到爛醉。
2. silly和wild可以用來表示某人很好笑時的「ㄎㄧㄤ」。在ㄎㄧㄤ的程度上，wild比silly更高一點。
3. high則是偏向俚語的用法。這個字其實是從毒品文化來的，但這個變成常用的字，不一定是負面的意思喔！

102 用語

# 梗圖・迷因

你是否因看「迷因」或「梗圖」被笑死？網路上大肆流行，但有些梗圖不是人人都懂，稱之為「內梗」，這些英文又該怎麼說？一起來看看吧！

**meme　梗圖；迷因**

Take a look at the top ten internet memes for this past year.　來看一下去年網路的十大迷因。

**inside joke　內梗**

It's just an inside joke!

只是個內梗啦！

**an old joke　老梗**

That is an old joke now.

那已經是老梗了啦！

1. 有的梗圖的梗不是人人都懂，那就算是一個「inside joke」，沒有相關經驗的人可能就不懂那個梗了。假設今天你在和朋友聊得哈哈大笑，另一個比較不熟的人走過來問你在談論什麼，你也可以說「It's just an inside joke!」來代替解釋喔。
2. 我們說的「老梗」，可以英文直譯成「old joke」，還可以這樣說：The joke is so old!（這梗很老耶！）

103 用語

# 邊緣人

邊緣人的英文可以怎麼說？其實有很多單字可以表示「邊緣人」，就來看看哪個單字最符合你的邊緣指數吧！

**loner　孤僻的人，邊緣人**

Joseph was always a loner when he was in college.

喬瑟夫在大學的時候是個邊緣人。

**outsider （不被某團體接受的）局外人**

I felt like an outsider in the club.

我覺得自己在社團裡面像個局外人。

**outcast　被社會拋棄的人**

As a social outcast, I don't know where I belong.

我被社會拋棄，不知到何去何從。

邊緣人也是有分等級，上面舉的各種邊緣人英文的說法，邊緣等級分別是多少呢？

loner的邊緣等級：●○○○○

outsider的邊緣等級：●●○○○

outcast的邊緣等級：●●●●●

## 104 用語 我到底看了三小

網路上有些迷因讓人笑爆，有些反而給人一種「我到底看了三小」的感覺，就來學一下「我到底看了三小」的英文怎麼說吧！

**What the fuck am I reading?　我到底看了三小？**

What the fuck am I reading? The meme is so hilarious!

我到底看了三小？這個迷因真的很好笑！

**What the fuck am I looking at?　我看了三小？**

What the fuck am I looking at? This video is so wild.

我到底看了三小？這個影片有夠ㄎㄧㄤ。

**What's going on?　這是怎樣？**

What's going on? This song is so confusing.

這是怎樣？這首歌也太問號了吧。

1.「What the fuck am I reading?」句子中除了 reading，你也可以換成looking at。用looking at使用的範圍就更廣啦，可以用在奇怪的迷因動圖或影片。

# 105用語　我真係恭喜你呀

香港好友總是教我一些怪怪的粵語，小編也不知不覺中奇怪的知識增加了呢！那就來學一下，香港著名的梗圖、李嘉欣的嘲諷名言「我真係恭喜你呀」要怎麼說吧！

**Congratu-fucking-lations　我真係恭喜你呀**

"Hey, guess what? My dad bought me a Benz!"

「欸，你知道嗎？我爸買了一台賓士給我！」

"Congratu-fucking-lations! No one gives a fuck."

「我真係恭喜你呀！沒人在乎好嗎？」

**Congratulations, idiot!　恭喜你啊，笨蛋！**

"I got an e-mail saying I won the lottery!"

「我收到一封e-mail說我中獎了耶！」

"Wow! Congratulations, idiot!"「哇：恭喜你呀，笨蛋！」

**Well done!　好棒棒！**

"I got 97 one the math test. Ms. Lee said I'm the smartest student in this class."

「我這次數學考97分，李老師說我是全班最聰明的學生。」

"Well done!"「好棒棒！」

其實congratu-fucking-lations就是Congratulations改來的，這句顯得更直白！

## 106 用語　教你登大人

你看過杰哥的影片嗎？有陣子杰哥的影片掀起一波流行，你是不是也懷念起學生時代這部經典的教育影片呢？ 那就一起來學習幾句杰哥名言的英文要怎麼說吧！

**to be a man　登大人**

I'll show you what it means to be a man.

我教你怎麼登大人。

**take a look　看看**

Let me take a close look at you.

讓我看看。

**tough　剛強的；結實的**

So, you think you're a tough guy, huh?

聽你這麼說，你很勇喲？

1.「take a close look」句子中的close有「仔細」的意思。

2.另外補充一句杰哥影片中的名句：

This secret is just between you and me.

（這是我們之間的祕密。）

(just) between you and me表示「你我之間的祕密，別告訴別人」。也可以說 (just) between us。

# 107 用語　不要瞎掰好嗎？

你身邊有沒有滿嘴幹話的朋友？遇到這種朋友，是不是有時候忍不住叫他「不要瞎掰好嗎？」就來學一下這句的英文怎麼說吧！

**nonsense　瞎掰；胡扯**

Don't talk nonsense!

不要瞎掰好嗎！

**Don't talk silly!　別說蠢話！**

Did Henry really say that or are you just being silly?

亨利真的這樣說嗎，還是只是你在亂講？

**That's bullshit!　聽你在放屁！**

Jason gave me some excuse, but it was simply bullshit.

傑森跟我說了一些藉口，但只是屁話而已。

1.「Don't talk nonsense」也可以把nonsense改成rubbish（瞎說），變成：Don't talk rubbish!（別瞎說！）
2.silly是形容詞，有「愚蠢的、不嚴肅的」的意思。

## 108 用語　薪水小偷

「薪水小偷」這個說法是從韓國來的，也有人直接翻成salary thief，但在英文中比較少見，就一起來看要怎麼用英文表達！

**slacker　偷懶的人；懶鬼**

John is a slacker who always plays online games at work but never gets caught.

約翰是個薪水小偷，上班總是在玩線上遊戲卻從來沒被抓到過。

**clock-watcher　等下班的人**

Helen seems like a motivated worker, but in fact she's a clock-watcher.

海倫看起來是個很積極的員工，但實際上她都在等下班。

**goof off　偷懶**

Mom told me to stop goofing off and study harder.

媽叫我別再混了，認真讀點書。

1. 你可以用片語slack off來表示「摸魚，偷懶」：
   Sometimes, I need to slack off for ten minutes. Then, when I start working again, I can focus better.（有時候我需要摸魚個十分鐘，這樣我重新開始工作時會更專注。）
2. 動詞片語goof off是「逃避工作；偷懶」的意思，也可以變成名詞「goof-off」，就是「偷懶的人」。

# 109 用語　修但幾咧

身為鄉民的你，是不是也常常看到或聽到人家說「修但幾咧」？「修但幾咧」這句英語有許多講法，快來和小編一起學學看吧！！

**wait a minute　修但幾咧**

Wait a minute. What did you say?

修但幾咧，你說什麼？

**wait a second　等等**

Now, wait a second - I don't agree with that.

等等，我不同意那樣做。

**hold on　等一下**

Hold on, I'll check in my diary.

等一下，我看一下我的記事本。

「修但幾咧」是台語的「等一下」的意思。
在網路上常常被用來表示請對方「冷靜一下」或是「先等等」。

## 110 用語　duck 不必

「duck不必」這句話，跟duck（鴨子）完全沒關係，是個網路諧音梗，「不可不必」之意，通常覺得沒有必要時會說這句。

**There's no need (for sb) to do 大可不必（duck不必）**

There's no need to say foul words.

粗暴言論，duck不必。

**It is not necessary...　沒有必要……**

It's not necessary to leave so early.

沒有必要這麼早走。

**You don't have to...　你沒有必要……**

You don't have to follow in my footsteps.

你沒有必要按照我的方式去做。

1. 網友用諧音「duck（鴨子）」來取代「大可不必」的「大可」兩個字，並將它製作成迷因，讓這句話廣為流傳。
2. follow in sb's footsteps：效仿（某人）之意。

## 111 用語　爽耶！水喔！

小編最喜歡看恐怖（或驚悚）的遊戲直播！超級刺激啊XD。你知道在遊戲直播中很興奮或很震驚的時候會怎麼表示嗎？

**poggers　爽耶；非常興奮**

Poggers! We won the game!.

爽耶！我們贏了遊戲了耶！

**pog　水喔！讚喔！**

That play was pog!

那局（遊戲）水喔！

**awesome　令人驚嘆的；很好的**

You look totally awesome in that shirt.

你穿那件襯衫很好看。

1.poggers這個字是從遊戲影片串流平台Twitch開始使用，一開始是一個帶著「驚訝表情的青蛙」的表情符號，後來延伸用來表示興奮或是非常開心的狀態（常用於直播或是遊戲中）。

2.pog是「play of the game」的縮寫，用來形容（遊戲）玩家精彩的操作或是極幸運的時刻。

3.pog跟poggers都可以用來表示「很棒」「讚」「很厲害」等意思。

# 112 用語　吃土

每次到月底荷包空空、手頭拮据，最常聽到月光族說的話就是「吃土」了> <。不過雖然要吃土了，但英文還是要學啦！一起吃土吃起來～～

**skint　身無分文的；沒錢的**

I'm always skint by the end of the month.

我每個月底都會吃土。

**broke　沒錢的**

Sandy was broke after she bought a new cellphone.

珊迪在她買了手機之後吃土了。

**payday　發薪日**

I'm looking forward to payday.

希望快點發薪水。

1. skint 是英式的俚語，意思就是指沒有錢、很窮的意思。這個用法是用一種比較幽默詼諧的方式來說自己沒錢，和我們的「吃土」很搭。

## 113 用語　選擇障礙

你有選擇障礙嗎？每次在餐廳點餐都左右為難，讓服務生等很久嗎？ 今天就來學一下「選擇障礙」的英文怎麼說吧！

**decidophobia　選擇障礙；決策恐懼症**

Since I'm suffering from decidophobia, I'm afraid of making decisions.

因為我有選擇障礙，所以我很怕做決定。

**have trouble making decisions　很難下決定**

Sherry seems to have trouble making decisions. Even ordering from the menu can take her ages.

雪莉似乎有選擇障礙，即使只是點個餐也要花她很多時間。

**torn between A and B　兩難**

She was torn between becoming a singer and a poet.

她在當歌手和當詩人間掙扎。

1. 你可能看過phobia（恐懼症）這個單字，那在phobia前加上decide，就是「選擇障礙」的英文說法囉！
2. 講decidophobia可能不太口語，如果用「have trouble making decisions」也可以。
3. torn是動詞tear（扯開，撕開）的過去分詞，內心很拉扯，那就是很兩難啦！

# 114 用語 我可以喔！

如果朋友約你出去玩，要怎麼用英文回答朋友「我可以喔」？或者是你想約朋友去逛逛，要怎麼用英文問「你那天可以嗎？」

**It's OK with / for me.　我可以喔**

About the picnic on Saturday, it's OK with me.

星期六的野餐我可以喔。

**I'm good.　我行喔**

I'm good to go out on Sunday.

如果這個星期日外出，我行喔。

**I'm OK.　我可以**

Yeah, that's OK for me.

對，我可以。

如果想要更口語的話，你可以說：

1.Sure.（當然）
2.No problem.（沒問題）
3.Sounds great!（聽起來不錯耶！）

## 115 用語　我沒換號碼

大家的電話號碼是否很久沒換啦？平常打來的只有理財貸款等等的行銷電話，或是一接就掛的不明來電。來電百百種，了解一下各種來電的英文怎麼說吧！

**I haven't changed my phone number.　我沒換號碼**

I haven't changed my phone number, you can call me anytime.

我沒換號碼，你可以隨時打給我。

**A call from an ex-boyfriend / ex-girlfriend**

**前男／女友來電**

I got a call from my ex-boyfriend last week.

我上禮拜接到我前男友的電話。

**fraud call　詐騙電話**

I got a fraud call this morning.

我今天早上接到一通詐騙電話。

詐騙電話的其他類似說法還有「scam call」「phone fraud」，fraud有「詐騙（罪）、騙人的事物」的意思。

# 116 用語 太誇張

看到出人意表的行為，我們會說太over。但英文真的是這樣說嗎？我們來看看表示「很扯」「很誇張」的英文怎麼說！

**extra　很扯，太誇張了**

That girl is extra.

那個女的太誇張了吧！

**way too much　太過頭**

I ate way too much food, and I feel sick.

我吃太多東西了，現在很不舒服。

**excessive　過多的**

Any more pudding would simply be excessive.

不能再吃布丁了，再吃就太多了。

這邊extra是比較非正式且口語的俚語用法。表示過頭的、很戲劇化的舉動。在使用上常常會用「so extra」或是「super extra」來表示，但是這樣的說法通常比較不含貶意，有種開玩笑、幽默的說的感覺。

# 117 用語　阿姨我不想努力了

梗圖「阿姨我不想努力了」在網路上很紅，點出社畜的心聲。當然我們不是鼓勵包養，而是來學學相關的英文怎麼說！

**sponge off　白吃白喝；吃軟飯**

He sponges off women and doesn't have to work for a living.　他不用工作，吃軟飯靠女人過活。

**toy boy　小白臉**

To everyone's astonishment, Jasmine took her toy boy to dinner.　茉莉帶著小白臉出席晚宴，所有人都嚇爛。

**kept man　吃軟飯的男生**

George is a kept man who lives off his lover.
喬治是個軟飯男，靠著他的情人過活。

1.toy boy指那些給「年長女性」包養的男子，也就是小白臉。
2.kept就是keep這個字的過去分詞，keep有「照顧、照料」的意思，所以kept就是指「被照顧」，「kept man」就是軟飯男了！
3.sponge是海綿，當成動詞指的就是「白吃白喝」，像海綿一樣癱在那邊狂吸養分！
4.lives off sb就是指「依靠某人生活」。

## 118 用語 躺平

「在哪裡跌倒，就在哪裡躺好」，這幾年很流行「躺平」這個詞，衍伸成一種生活態度，我們來看看英文要怎麼說。

**lying flat 躺平**

Lying flat is a new lifestyle and social protest movement.

躺平是新興的生活態度和對社會的反抗運動。

**Gen Z Z世代**

They say Gen-Z tends to lie flat more than any other generation!

他們說Z世代的人是躺平族耶！

**anti-work 反工作 / 拒絕工作**

The anti-work movement is getting popular in America.

「反工作運動」近來在美國開始流行起來。

1.「躺平」指人們抗拒壓力以及長時間的高壓工作，更傾向舒適放鬆的生活態度。

2.Gen-Z (Generation Z) Z世代特別指1990年末到2010年出生的人，這個世代出生的人英文就叫做Gen Zer。而Z世代的人比起之前的世代，更受網際網路等科技產物的影響。

## 119 用語　芭比Q了

鄉民們在感到「完蛋了」的時候，通常會說「芭比Q了」，你知道這個是什麼意思嗎？英文又要怎麼說呢？

**I'm in for it.　我完了**

My parents found me sneaking out late last night. I'm in for it.

我爸媽發現我昨晚偷溜出去，我完了。

**I totally screwed up.　我完蛋了**

I totally screwed up, I forgot to write the essay.

我完蛋了，忘了寫論文。

**I'm toast!　我完蛋啦！**

If I don't agree to do what they ask, I'm toast.

如果我不同意按他們的要求做，我就完蛋了。

1.「芭比Q了」取自英文barbecue（燒烤）的諧音，意指完了、完蛋了的意思。
2.「I totally screwed up.」語氣聽起來會更強烈。
3.「I'm in for it.」通常都是說話者已經做了某件事情後，要承擔所做事情的後果。

## 120 用語 這個資訊量有點大

突然獲得某個資訊或消息，腦袋還無法處理聽到的內容，會說「這個資訊量有點大」。這句英文要怎麼說呢？一起來學習吧！

**There was a lot to grok.　這個資訊量有點大**

Give me a break. There was a lot to grok.

我休息一下，這個資訊量有點大。

**Let me digest what you just said.**

**給我點時間消化一下**

Wait, I'm kind of shocked. Let me digest what you just said.

等下，我有點驚訝。給我點時間消化一下你說的事情。

**I don't know what to say.**

**我不知道該說什麼了**

Wow, I don't know what to say. This just surprises me!

哇嗚，我不知道該說什麼了。這讓我太驚訝！

1.digest 意為「理解；吸收（資訊）」，另一個意思也可以是指食物在胃裡的「消化」。

2.grok（理解）。

# 121 用語　領便當

這個詞是從周星馳《喜劇之王》而來，演的角色死了就可以去後台領便當吃，引伸為「死亡」之意，來看看英文怎麼說吧！

**(character name) was killed off in... episode**
**（某個角色）在第……集領便當了**

The author of "Attack on Titan" loves to kill off the characters in his story.

《進擊的巨人》的作者很喜歡讓故事中的角色領便當。

**bring (sb / sth) back to life　復活；吐便當**

Don't be silly. I bet the author won't bring your favorite character back to life.

別傻了，我敢打賭作者絕對不會讓你喜歡的角色復活。

**raise (sb / sth) from the dead　復活**

John uttered an ancient mystic spell meant to raise his son from the dead.

約翰唸了一段古老的咒語，想讓他的兒子起死回生。

kill off someone / something意思就是「將某人／某事物完全地摧毀或是移除」。如果用在戲劇、電影、漫畫等作品上，就是指某個「角色死掉了」，也就是網路鄉民們常說的「領便當」。

## 122 時尚 很潮喔

某天穿得特別流行，渾身充滿時尚元素，可能就會被稱讚「很潮喔」。這跟潮水沒關係，「潮」是從「潮流」這個概念衍伸過來的，在英文裡有那些類似說法呢？

**trend　趨勢；時尚**

This topic is trending online.

網路上大家都在討論這個話題。

**style　風格；潮流**

That girl has style.　她的穿著很有自己獨特的品味。

**hip　時尚的**

My mom is hip to the slang.　我媽超潮，流行語她都懂。

1. trend也可變成形容詞trendy來使用，指的就是很時髦、大家都想買的東西，像是你就可以說蘋果的產品很trendy。
2. 很多台灣人會說「You're so fashion!」來稱讚別人很時尚，但是fashion是名詞，所以不可以這樣用。如果要講求文法正確，可以用fashionable。但是fashionable其實是滿無聊的說法，不潮了啦，所以還是說style、stylish才真的有潮味！
3. hip這個字除了當名詞有屁股的意思外，也可以當形容詞指「很酷、很時尚的」。這個用法算是滿經典、有點年代感的俚語，老一輩的也聽得懂。hippie嬉皮也是從hip衍伸而來的喔！

## 123 派對　夜店咖・派對狂

夜店是個奇妙的地方，有人嗨翻天，有人醉到不省人事，也有人就只是靜靜的站在角落？一起用英文來看看夜店都有哪些人吧！

**club rat　夜店咖**

Cindy is just a club rat.

辛蒂是個夜店咖。

**party pooper　掃興的人**

C'mon! Don't be a party pooper!

拜託！不要這麼掃興啦！

**party animal　派對狂**

Harry is a party animal.　哈利是個派對狂。

1.club rat（夜店老鼠），這個詞用來形容女生比較多，而且通常指那些硬是要求男生付酒錢的女生，活像大老鼠想占別人便宜一樣。因為這個字有貶義，小心使用！

2.poop是「便便」之意，party pooper（在派對上大便的人），當然就掃興啦。這個字和wet blanket（濕毛巾）一樣，都是指那些很煞風景的人。

3.animal這個字除了有「動物」的意思外，還可以拿來指「某類人」，例如 Harry is a political animal.（哈利是個政治性動物。）

124 夜店

# 花花公子・混音師

舞台上的DJ放著音樂，夜店是個充滿邂逅氣氛的地方，再來了解更多的用語，以及要怎麼用英文搭訕吧！

**player　花花公子**

He is such a player.

他就是個花花公子。

**bouncer　夜店保安；保鑣**

How come that bouncer wouldn't let you in?

為什麼保安不讓你進來啊？

**Disc Jockey＝DJ　混音師**

Oh man! You are an excellent DJ.

哇！你真的是個很厲害的DJ。

1. 如果你想在夜店搭訕，可以這樣說：
   Are you here on your own?（你自己一個人來嗎？）
   What brings you here?（什麼風把你吹來這裡？）
   You look hot in this dress.（你穿這件洋裝很辣。）
   That guy on the stage is gorgeous.（台上那個男的真帥。）
2. bouncer 指的就是在酒店、夜店或其他聚會掌管人員進出的保安。一般的保全你可以用「security guard」這個字。
3. 混音師就是你很熟悉的DJ。Disc是唱片，Jockey這個單字有賽馬的騎師、操作者、駕駛員等等意思。

# 夯哥・夯姐

有些人走到哪裡都超受歡迎，你身邊是不是也有這樣的人呢？一起來學習怎麼用英文表示「夯哥、夯姐」吧！

**wow　夯哥、夯姐；受歡迎的人**

Jennifer is a real wow with the men in her office.

珍妮佛超夯，辦公室的男生都喜歡她。

**magnet　有吸引力的人或物**

Mike is a man magnet.

麥克很容易讓男生喜歡。

**sociable　善於交際的**

Babii is very sociable.

芭比很喜歡與人交往。

1.wow除了可以當成感嘆詞，也可以當成名詞指「成功的人、受歡迎的人、討喜的人」，也就是夯哥夯姐的概念，是不是很好記呢！

2.magnet除了可以指「磁鐵」，也可以指很有吸引力的人！形容詞是magnetic，意思是「有魅力的」。

3. 另外，受歡迎也可以用hit來形容喔！這個用法不管是人事物都適用。

## 126 用語 噁男

如果有個男的不懷好意眼睛直盯著妳看，是不是有種反胃的噁心感？「噁男」在夜店還不少，這個字的英文有點意想不到喔！

**creep　噁男；噁心的人**

Eason is such a creep. He always stares at me in class.

伊森真是個噁男，上課的時候他一直盯著我看。

**simp　工具人（不限男女）**

Kate has already turned you down three times, stop being such a simp!

凱特都已經拒絕你三次了，別當工具人了！

**What's the tea?　有掛（八卦）嗎？**

"Have you heard that Fiona dumped her boyfriend?"

「你有聽說費歐娜甩了她男友嗎？」

"No! What's the tea?"

「沒耶！有掛嗎？」

你可能學過creep當動詞是「悄悄移動」的意思，當成名詞時，creep的俚語意思則是「噁心的人」。

## 127 用語　炫富・很正

你身邊有沒有很會炫富的朋友？或是低調到可以融入背景的朋友？還是真的正到不行的朋友？知道要怎麼用英文形容他們嗎？

**flex　炫富**

Dean is always flexing like that. Just ignore him.

狄恩一直很愛炫富，別理他就好。

**lowkey　默默地；低調地**

I lowkey felt sad when my roommate is moving out.

我室友搬出去後我默默地感到難過。

**purdy　漂亮的；很正**

You're the purdist girl I've ever seen.

你是我見過最正的女孩。

1. 如果想形容別人的身材很好的話，可以用英文的thicc（前凸後翹）來形容喔！例如：
   Look at that girl! She's so thicc!
   （看那個女生！她身材超豐滿超辣耶！）
2. lowkey（低調）的相反就是highkey（高調），而lowkey原本的意思是「低調的；不張揚的」。但在這裡的用法是後來延伸出來的意思，也就是「偷偷地；稍微地」喔！

## 128 用語　嚇爛・厭世臉

遇到無比驚訝事情，現在大多用「嚇爛」來形容，你知道英文要怎麼說嗎？還有其他流行用語的英文又該怎麼說？

**shook　驚訝的**

For real? I'm shook! You've only been dating for a week!

真假？我嚇爛！你們才在一起一週耶！

**salty　憤世嫉俗的；酸民的**

She was salty because she lost the game.

她輸了遊戲之後就很憤世嫉俗。

**resting bitch face　厭世臉；天生臭臉**

I have a resting bitch face when relaxed, but I don't care.

我放鬆的時候臉超臭，但我不在意。

1.「resting bitch face」也可寫成「RBF」。
2.salt名詞是「鹽巴」的意思；而形容詞salty則是有「鹹的」的意思。這邊的用法是則是口語的流行用法，用來形容人很「憤世嫉俗」「很酸」的意思，通常都是帶有負面的感覺。

# 129 用語　宅男宅女・肥宅

你是超social的人，還是最愛待在家的宅男宅女呢？小編身為一名稱職的肥宅，假日最喜歡在家躺著，滑滑手機追追劇。讓我們一起學「耍廢」相關的英文吧！

**homebody　宅男宅女**

I'm a homebody, so I knew traveling would be tough.

我是個阿宅，所以我知道旅行會很艱難。

**fat nerd　肥宅**

Wow, he is totally a fat nerd.

哇嗚，他就完全是個肥宅啊。

**weeb　哈日宅**

My cousin is such a weeb.

我表弟是個哈日宅。

1.weeb特別用來指熱愛日本文化，或是幻想成為日本人的西方人。

2.另外如果你有朋友常常宅在家，你可以跟他說「touch grass」這是網路興起的俚語用法，是「go outside」比較潮的說法。

## 130 用語　耍廢・放空

放假最開心的莫過於可以好好的「耍廢」和「放空」！其實就是一種放鬆自己的狀態，也算是充電啦！讓我們學學這些為自己充電的英文怎麼說吧！

**goof around　瞎混**

The boys spent the whole summer just goofing around.

這些男孩子瞎混了整整一個夏天。

**veg out　休息放空**

I enjoy vegging out on the sofa.

我喜歡在沙發上放空。

**do-nothing　無所事事；懶鬼**

She regrets marrying that do-nothing.

她很後悔嫁給那個懶鬼。

另外這種狀態也可以用take it easy（放鬆）表示，例如：
I think I'll just take it easy tonight.（我今天想要放鬆就好。）

# 131 手機　玩手機・追劇

手機對現在人來說幾乎不離手，除了拿來聯絡跟通訊之外，打遊戲或是追劇更是生活的一部分了！來看看相關的英文怎麼說？

**binge-watch　追劇**

We binge-watched an entire season of "Breaking Bad" on Saturday.

我們星期六一口氣看完整季的《絕命毒師》。

**play with sb's smartphone　玩某人的智慧型手機**

She's playing with her smartphone.

她正在玩她的手機。

**video-on-demand / VOD　隨選視訊**

Do you have video-on-demand?

你有隨選視訊嗎？

1.「video-on-demand」也可以寫成VOD，在台灣比較有名的是中華電信的隨選視訊MOD (multimedia on demand)。
2.「play sb's cellphone」意思是「拿手機來把玩」，所以想要表示中文的「玩手機」的話，記得用「play with sb's cellphone」。

132 手機

# 手滑

不小心手滑就讓手機摔到地板上，尤其剛剛買的新機更是心痛！你有這種經驗嗎？ 希望沒有，但這句的英文倒是可以學一學。

**butterfingers　手滑**

I accidentally dropped my phone. I'm such a butterfingers.

我之前不小心手滑摔了手機。

**clumsy　笨拙的，不靈巧**

She's such a clumsy person and always trips over things.

她好笨拙，總是被東西絆倒。

**fat-finger　手殘**

I must have fat-fingered the password my account has been locked.

肯定是我手殘按錯密碼，帳號才會被鎖住。

TIPS

1.手指太粗不靈活，所以容易手殘，用這樣記容易多了。
2.accidentally（偶然地；意外地）
3.trip over（被……絆倒）

## 133 用語　翻車

「翻車」是網路流行用語，常被用來誇飾某件事情的失敗或是完全做錯事情的狀況。那你知不知道要怎麼用英文說「翻車」呢？

**epic fail　巨大的失敗；翻車**

The school soccer team lost the game by ten goals. What an epic fail!

學校足球隊以十分輸掉比賽，根本大翻車！

**in a jam　陷入困境；失敗**

I'm in a real jam—I lost my key and can't get into my house.

我遇到麻煩了！我找不到鑰匙進不去屋子裡。

**in deep doo-doo　陷入麻煩中**

Saying the wrong thing can get you in deep doo-doo.

說錯話會讓自己陷入麻煩當中。

1.「epic」意味著「huge（巨大的）」，「fail」是「失敗」的意思。把兩個字放在一起就是指「巨大的失敗」或是「大災難」的意思。另外，epic在英文俚語裡面還有awesome, great, unforgettable的意思。
2.「in deep doo-doo」中的「doo-doo」，在口語中是「便便」的意思，延伸變成「麻煩」之意。

# 134 用語 糟透了

fuck貴為英文髒話之王，平常最好不要講，但別人罵你一定要聽得懂，我們來學學相關的說法。

**freaking　糟透；使人厭惡的**

Are you freaking kidding me?

你他媽在跟我開玩笑嗎？

**frigging　他媽的**

That YouTube channel is frigging awesome!

那個YouTube頻道真他媽的酷！

**bloody　該死的**

I've had a bloody awful week.

我度過該死的一週。

1.freaking發音和fucking有一點點像，所以也是最常被用來取代fucking的字（有點像是中文的「幹」變成「乾」）。另外freaking和fucking一樣，本來用在較不滿的句子中，但用久了就不限，有「強調」的意思。

2.frigging的發音也是很像freaking，所以也可以用來取代fucking。

# 可惡！

表示氣憤時不免口出惡言，雖然這行為不是很好，但有時候說出來心裡會好過一點。但行走江湖，一定要聽得懂啦！

## damn / damned　該死

Damn, I've spilled coffee down my blouse!

該死，我把咖啡灑到襯衫上了！

## dang　可惡

Dang, I broke the glass!

可惡，我打破玻璃了！

## bleeding　該死的

I can't get the bleeding car to start!

我無法啟動這該死的車！

1. 上面三個單字的意思，都頗接近 fucking。
2. dang 比較含有氣惱、憤怒的意思，而 bleeding 則是有不耐煩的感覺。

# 136 用語　很尬耶

最怕空氣突然凝結，尷尬到不行，這時真的就想機票買了直接飛到波蘭了。描述這種狀況說的「很尬耶」，英文要怎麼說呢？

**cringey　非常令人尷尬的**

It's very cringey when you got someone's name wrong.

當你把別人的名字記錯的時候，那真的會很尬。

**cringe　感到難堪**

I cringe every time I look at my hair in the mirror.

每次照鏡子看到自己的頭髮都覺得尬。

**sth / sb makes me cringe　某人／某物讓我尷尬**

Seeing him put sugar on his hot dog made me cringe.

看到他把糖撒在熱狗上，這個舉動讓我尷尬。

cringey除了可以表示尷尬或是害羞的感覺與場面之外，另外也有謙虛、謙卑的意思喔。而cringey這個字是從動詞cringe（感到難為情）轉形容詞而來，它的動詞三態是cringe / cringed / cringes。

# 137 追劇　魷魚遊戲・階級

韓劇《魷魚遊戲》在全世界都造成不小的轟動，你看了嗎？劇中有許多階層，例如勞工、士兵、管理者等等，來看看這些英文要怎麼說吧！

**worker　勞工（最低階）**

Many companies still treat their management staff better than their workers.

很多公司給管理人員的待遇仍然比給工人的要好。

**armed soldier　配槍士兵**

There was an armed soldier at the door.

門邊有個配槍的士兵。

**manager　管理者（最高階）**

I would like to speak to the manager.

我想找經理談談。

1. worker是劇中面罩上畫著圓形的人員，他們負責處理雜務，像是清理屍體、監視參賽者等等，他們沒有任何權利，只能聽命行事。
2. armed soldier是劇中面罩上畫著三角形的人員，他們主要負責維護秩序，還有去除被淘汰的參賽者。
3. manager是劇中面罩上畫著正方形的工作人員，負責發號施令。

## 138 追劇　我又來推坑了

吃到好吃、用到好用的，忍不住要跟朋友分享，稱之為「推坑」。和其他相關的用詞「入坑」和「退坑」英文該怎麼說呢？

**I have to tell you about ( it / this ).　我又來推坑了**

I have to tell you about this drama.

我要來推坑你這部戲。

**get into　入坑**

I'm getting into manga.

我入漫畫坑了。

**quit / give it up　退坑**

He used to be very active in the manga, but he's lost interest now.

他曾經對漫畫很著迷，但他現在沒興趣已經退坑了。

1.「推坑」是指自己很喜歡的事情，推薦給別人。句子中的it / this可以替換成你想要推薦的東西的名字。
2.「入坑」另外也可以說「be hooked on」。hook動詞原本的意思是「勾住」。而「hook on sth」則是可以用來表示你對某項事物「著迷」。

# 139 用語　元宇宙

臉書FB改名為meta了，你覺得這個名字如何呢？這個單字，是不是覺得有點熟悉？和「元宇宙」又有什麼關係？

**metaverse　元宇宙**

The word "metaverse" is the combination of "meta" and "universe".

「元宇宙」這個字是由「超越」和「宇宙」結合而成。

**meta　自身的**

It's a meta-joke. It's sort of a joke about jokes.

這本身就是一個笑話。是一個關於笑話的笑話。

**virtual reality　虛擬實境**

What is virtual reality used for today?

虛擬實境現在都用在哪裡啊？

TIPS

1. 另外「meta-」也可以當成一個字根，表示「變化；超越」。
2. metaverse是科幻作家Neal Stephenson在1992年提出的，也就是「超越宇宙」的概念。metaverse代表了網路世界結合了AR（擴增實境augmented reality）、VR（虛擬實境virtual reality）等技術的下個階段，臉書的執行長 Mark Zuckerburg 就是想將這個概念融入臉書的企業願景中，所以才將公司名改名為meta。

## 140 手機 相片集

如果你常常滑IG，一系列毫無相關的照片，早餐的咖啡、風景或是意義不明的自拍，這樣的貼文照片風格其實有它專屬的名字，叫什麼呢？

**photo dump　相片集；照片轉存**

Since the pandemic hit, photo dumping has become a trend on social media.

在疫情爆發後，社群媒體吹起了照片轉存的新趨勢。

**hump day, dump day　小週末就是發文日**

I'm posting random pictures on social media because it's hump day, dump day.

因為是小週末，所以我要在社群媒體上放隨機的照片。

**random　隨機**

We asked a random sample of people what they thought.

我們隨機挑選了一些人，問了他們的想法。

「photo dump」指的是把日常一系列的照片發成一篇文章，在社群媒體尤其是IG特別風行。貼文的照片或影片有隨機選取的特性，通常會將貼文的十張照片額度選好選滿，看起來就好像是隨機把照片丟（dump）到網路上。

# 141 手機　訊息筆戰

各位低頭族或職業鄉民，有用「訊息跟別人吵架」的經驗嗎？還是常「邊走邊聊LINE」？知道這些英文怎麼說？

**fexting　用簡訊／訊息吵架**

The first lady had an argument with the US president via fexting.

第一夫人用簡訊跟美國總統吵架。

**wexting　邊走邊傳訊息**

He cannot walk straight because of his wexting addiction.

他沒辦法好好地直走，因為他習慣邊走邊傳訊息。

**drexting　喝醉傳的訊息**

After a few beers, I was drexting all night.

喝了幾罐啤酒後，我整晚都在亂傳訊息。

1. fexting是fight和texting的縮寫，意思是指用「簡訊吵架」。這個用法的由來，是從美國第一夫人接受雜誌採訪時，透露她和總統維持這麼長的婚姻關係的方法之一，就是用「簡訊吵架(fighting over text)」。
2. fexting還有另一個用法，就是「fake texting」。意思是「假裝自己在傳訊息，但其實只是隨便按手機按鈕，假裝自己看起來跟很多朋友聊天，不是邊緣人」。

CHAPTER 3

# 人際交流篇

# 142 電影　強檔片・賣座電影

看電影是休假或是想放鬆時的最佳娛樂，尤其強檔片上檔時，往往大排長龍、一票難求。讓我們來學學相關的用語吧！

**blockbuster　強檔片**

Our new film will be a real blockbuster.

我們這部片會變成強檔片。

**box-office hit　賣座電影**

Her last movie was a surprise box-office hit.

她上一個作品是部票房驚人的賣座電影。

**tear-jerker　賺人熱淚的電影**

Bring a pile of tissues with you when you see that film, it's a real tear-jerker!

看這部電影的時候記得帶包衛生紙，真的超好哭的！

box office（票房）這個字源自於英國伊麗莎白時代。當時，富人會坐在包廂（box）中看戲，包廂門票需要到box office（特定的包廂售票處）購買。由於包廂票非常貴，包廂票的販售數量幾乎就決定一場戲的利潤了。演變至今，box office就成了電影銷售狀況的代名詞。電視頻道HBO就是「Home Box Office」的縮寫，「家庭售票處」指的就是即使在家不出門，也能享受電影的意思喔！

# 143 電影　大爛片

滿心期待的買票進電影院，但看完後發現自己看的是部「大爛片」，心情真的會比電影本身還要爛！其他相關的片型，我們一次學起來！

**bomb　大爛片**

The first movie was a hit. The sequel bombed, though.

電影首部很賣座，但續集卻是個大爛片。

**lame　差勁的**

The flick was lame. It was just a waste of time.

那部是糞作，完全浪費我的時間。

**cameo　客串（角色）；小配角**

The cameo of Emma Stone was impressive.

艾瑪史東的客串令人印象深刻。

各種電影類型的英文分別是：
comedy（喜劇片）、romantic movie（愛情片）、drama（劇情片）、documentary（紀錄片）、action movie（動作片）、sci-fi movie（科幻片）、horror movie（恐怖片）。

## 144 聚會　來去喝咖啡吧！

「喝咖啡，聊是非」，聽八卦也是感情交流的一種方式，和朋友去咖啡廳、點杯咖啡聊聊天，感覺超棒！來學學相關的用語。

**grab a coffee　喝杯咖啡**

Let's grab a coffee sometime.

改天我們去喝個咖啡吧！

**rain check　下次；改天**

I'll have to take a rain check.

我改天再和你約。

**tempting　吸引人的**

It's very tempting to go catch up with you guys over a coffee. However, I have a lot of work to do, so I don't think I can make it.

我超想和你們去喝咖啡，但是我還有很多工作要做，應該是沒辦法去。

有時候邀約只是場面話，分辨真假在於的話裡面有沒有提到更詳細的時間地點。如果對邀約沒興趣的話，你可以簡單回答Yeah!（好呀！）、Totally!（對呀），或是That would be cool.（聽起來不錯）來結束寒暄。萬一對方還是很熱情，可以說Too bad that I already have plans for that day.（很不巧那天我有別的計畫了。）

# 145 音樂　你喜歡聽什麼音樂？

音樂真的是生活不可或缺的一部分，通勤時間聽個音樂，上班好像沒有這麼累。你也喜歡聽音樂嗎？喜歡聽什麼類型的音樂呢？就讓我們一起，用英文聊音樂吧！

**genre　類型；風格**

Do you have a favorite genre of music?

你有沒有最喜歡的音樂類型？

**volume　音量**

Is the volume OK?

音量可以嗎？

**have an ear for something　對……有鑑賞能力**

I have no ear for music.

我對音樂沒有鑑賞能力。

1. 音樂大概有這些類型：
   jazz（爵士樂）、rock（搖滾樂）、punk（龐克）、blues（藍調）、hip-hop（嘻哈）、ballad（民謠）、country（鄉村音樂）、classical music（古典樂）。
2. 調整音量：
   turn the volume down（調低音量）
   turn the volume up（調高音量）

## 146 音樂　來去聽演唱會吧！

自從數位音樂推出後，雖然唱片的銷量直線下降，但演場會卻更受歡迎了，尤其大咖的歌手更是一票難求，讓我們來看看相關的用語！

**concert　演唱會**

Let's go to the concert.

來去聽演唱會吧！

**catchy　琅琅上口；動聽易記**

This song is so catchy!

這首歌好琅琅上口！

**cover　翻唱**

This cover is better than the original.

這首歌翻唱比原唱好聽。

1. 我們中文常常說音樂很「洗腦」，英文可以用catchy來形容，代表那首歌的某個段落或旋律非常的吸引聽眾的注意力，而且一但聽了就會卡在腦袋中XD。
2. concert也是音樂會的一種，但通常演出的都是比較大牌的藝人（artist）或是樂團（band）。而gig用來指音樂會，這類的音樂會通常都是由當地音樂家所組成。

147 攝影

# 你拍得很好耶！

「看我這邊，3、2、1！」出去玩大家一起拍照，拍得好就是回憶，拍壞了只好失憶。所以當然得稱讚一下拍照者，那應該怎麼說呢？

**take good photos　拍得很好**

Let me see...You take good photos!

我看一下，你拍的很好耶！

**got a great eye　懂拍**

You've got a great eye for photography.

你很懂拍照。

**Look over here　看這邊**

Look over here. 3, 2, 1. Got it!

看這邊，3, 2, 1，拍好了！

1.「你拍得很好耶」英文還可以這樣說：

Your shots are great!

That shot is great / awesome / cool / incredible.

2.補充其他有關的英文

Should I take one more?（要再拍一張嗎？）

I just closed / shut my eyes.（我剛剛閉眼睛了。）

# 148 攝影　可以幫我們拍照嗎？

你是喜歡拍照的人嗎？或是喜歡跟美麗的風景合照呢？想請別人幫忙拍張照片的時候，應該怎麼用英文說呢？一起來看看吧！

**take a photo for (sth / sb)　幫（某人事物）拍照**

Do you have time to take a photo for us?

你有時間幫我們拍張照片嗎？

**retake　重拍**

Can you retake it, please?

可以請你幫我再重拍一張嗎？

**full-body picture　全身照**

Can you take a full-body picture, please?

可以請你幫我拍張全身照嗎？

1.例句一的for如果替換成of意思會不太一樣，「take a photo of sth / sb」是指拍攝（某人事物）的照片。

2.retake也可以用在重拍影片或電影。

## 149 寵物 貓奴

隨著貓奴越來越多，貓咪統治地球的日子也指日可待了！身為貓奴的你，一定要學習關於貓咪各種的英文怎麼說！

**cat person　貓奴；愛貓者**

Kelly is definitely a cat person.

凱莉是個完全的貓奴。

**mouser　會抓老鼠的貓**

She's a good mouser.

這是一隻很會抓老鼠的貓。

**kitten　幼貓**

I'll take care of your kitten while you're away.

你不在的時候我會幫你照顧你的小貓。

1. 貓咪叫聲的英文是meow，開心的時候發出的「呼嚕聲」則是purr。
2. 貓咪踩奶、踏踏的英文是kneading。knead這個單字是「揉、捏」。貓咪之所以會踏踏，是因為還是奶貓時，會在貓媽咪的乳房上踩踏，幫助自己喝到奶水。長大之後，貓咪如果感到舒適，就可能會做起踏踏這個可愛的動作了。

# 150 寵物　貓是偉大的傑作

家貓在寵物界中可說是非常特別的存在，供牠們吃住，卻對主人保持著高高在上的姿態，將貴為萬物之靈的人類踩在腳下，就讓我們一起來用英文歌頌貓咪吧！

**feline　貓科動物**

The smallest feline is a masterpiece.

貓可謂偉大的傑作。

**liberty　自由**

No animal has more liberty than the cat.

沒有任何動物比貓更加自由。

**refuge　庇護**

There are two means of refuge from the miseries of life: music and cats.

生活很悲慘，音樂和貓可以給你帶來慰藉。

1. 例句一是達文西所說的，在他的許多繪畫和動物學手稿中，我們都可以看到貓的身影。
2. 例句二是出自美國小說家海明威。他飼養了超過50隻貓，並稱他們為「purr factories」（呼嚕呼嚕機）。
3. 例句三則是出自法國諾貝爾和平獎得主史懷哲，看來貓咪的療癒能力可是獲得諾貝爾獎得主認證呢！

# 151 賞景 櫻花滿開了

你看過櫻花滿開的樣子嗎？風一吹，花瓣片片飛舞的感覺超夢幻的！那你知道要怎麼用英文說「櫻花滿開了」嗎？

**bloom　開花；開花期**

The cherry blossoms are in full bloom.

櫻花滿開了。

**cherry blossom season　櫻花季**

This city is famous for its annual cherry blossom season every spring.

這座城市最知名的就是他每年春天的櫻花季！

**a great / nice spot　祕境**

I know a great spot!

我知道一個祕境！

1.bloom除了名詞之外，還可以當動詞用，例如：
The flowers are blooming.（那些花正在開花期。）

2.「櫻花滿開了」也可以說The sakura (flowers) are in full bloom.

# 152 習慣　夜貓子

你也喜歡夜深人靜的感覺嗎？那你知道「夜貓子」的英文怎麼說嗎？一起來學「夜貓子」的英文還有其他和熬夜有關的單字吧！

**night owl　夜貓子**

Karen always stays up late. She's definitely a night owl.

凱倫常常熬夜，她真的是個夜貓子。

**stay up　熬夜**

Staying up late is not good for your health.

熬夜對身體不好。

**dark circle　黑眼圈**

Wow, are you okay? You've got dark circles under your eyes!

哇嗚！你還好嗎？ 你有黑眼圈耶！

1.definitely：肯定，毫無疑問的

2.be good for sth…：能提供……

# 153 運動 我常健身

到健身房運動現在已經成為日常的一部分了，你喜歡健身嗎？就一起來學習各種關於健身的英文吧！

**muscular　強壯的**

I am muscular because I work out a lot.

我很壯因為我常健身。

**lose weight　減重**

A healthy diet will help you lose weight.

健康的飲食能夠幫助你減重。

**six-pack　六塊肌**

I was chubby, but now I have a six-pack.

我以前胖胖的，但現在有六塊肌。

1.work out：鍛鍊；訓練
2.gain / put on weight：增重
3.補充相關單字：scales（體重計）、balanced（均衡的）、calorie（卡路里；熱量）。

# 154 運動 我很會跳舞

你喜歡跳舞嗎？還是你是天生跳舞就很厲害的人呢？如果今天想跟別人說「我適合做……」或是「我天生就適合……」的時候，你知道英文要怎麼說嗎？

**cut out for sth　某人有做某事的能力**

Jim is cut out for dancing.

吉姆很會跳舞。

**be suited for sth　合適的；適宜的**

She would seem to be ideally suited for this job.

她看起來是適合這份工作的理想人選。

**be born to do sth　天生擅長（做某事）**

He is born to be a politician.

他天生就適合從政。

這裡的cut out意思為「某人有做某事的能力 」，除此之外，也有「不再吃（某物）」的意思。 這篇的cut out可以想像成天生就被塑造成（或被裁剪，想像一下你剪紙的感覺）成一個適合特定某件事情的形狀或樣貌。

155 娛樂

# 中樂透

買彩券總是充滿期待，但很可惜每次開獎都還是槓龜。不過沒關係，就是買個希望，下次還有機會！就來學一下「樂透」相關的英文吧！

**win the lottery　中樂透**

I had a dream about winning the lottery.

我夢到我中了樂透。

**lottery shop　彩券行**

It is said that the jackpot winner bought his ticket at this lottery shop.

據說那個頭獎得主，是在這間彩券行買彩券。

**buy all the lottery combinations　包牌**

It would cost about NT$220 million to buy all the lottery combinations.

如果要穩中所有樂透獎項，包牌大概要花新台幣22億。

1. 樂透的英文是lottery，中獎用win來表示。彩券則是lottery ticket，彩券行也可以說lottery retailer。
2. combination是「組合」的意思，買下所有的號碼組合，也就是包牌。

# 156 娛樂　電腦選號

說到買樂透，你是電腦選號還是自行選號派？聽說電腦選號中獎率比自選高出很多呢！這句英文該怎麼說咧？一起來看看吧！

**(use) Quick Pick　電腦選號**

Some people say that using Quick Pick is a much easier way to win a prize.

有些人說用電腦選號更容易中獎耶。

**pick your own numbers　自行選號**

Do you pick your own numbers when playing the lottery?

你買樂透的時候都自行選號嗎？

**win the first prize　中頭彩**

Jack just won the first prize in the lottery. He's a rich man now.

傑克中了頭彩，現在是個有錢人了。

頭獎／二獎／三獎的英文用一般「序數」的說法就可以。而頭獎還有另外一個說法是jackpot，hit the jackpot為「中頭彩」，jackpot winner則表示「頭彩得主」。

157 網購

# 你常網購嗎？

你是否超愛逛網拍？衣服怎麼買都少一件！你常逛網拍嗎？「網購」「下單」「貨到付款」的英文又該怎麼說呢？

**shopping online　網購**

Do you like shopping online?

你喜歡網購嗎？

**place an order for sth　下單**

I'd like to place an order for 10 copies of this book.

我想下單訂購這書10本。

**cash on delivery　貨到付款**

Items must be paid for in full prior to delivery, cash on delivery is not acceptable.

商品運送前須先付款，不提供貨到付款。

1.「逛網拍」英文可以說「browse the online stores」，browse為瀏覽之意。

2. 網購相關的單字補充：brick-and-mortar stores（實體店）、assurance guarantee（保固期）、installment（分期）、an electronic receipt（電子收據／電子發票）。

# 團購

身為小資族的你，上班的樂趣之一應該就是可以跟同事們一起「團購」食物吧？不過吃歸吃啦，「團購」的英文還是要來學一下！

**group buying　團購**

By group buying, we saved the shipping fee.

團購讓我們省了運費。

**count sb in　算某人一份**

Count me in! I want to go swimming with you!

算我一份！我想要跟你們去游泳！

**launch a group buy　揪團**

Jimmy launched a group buy.

吉米揪了一個團。

1.「團購」英文也可以說「collective buying」或「team buying」「community buying」。
2.「launch a group buy」的launch可以替換成make或是do。

# 159 問候　敘舊

你是不是也有這樣的情況？遇到很久不見的外國友人，明明想關心對方的近況，但腦袋瞬間打結，完全忘記該怎麼用英文問候，來學學最道地的問候方式！

**catch up　敘舊**

We have so much catching up to do!

我們有很多事要聊！

**long time no see　好久不見**

Lisa? Long time no see!

麗莎？好久不見！

**hang out　一起玩樂**

We should hang out more.

我們應該多約。

hang out是英文俚語，一起出去玩的意思。就像把衣服拿出去晒乾（hang it out to dry），「把自己拿到外面晾一下」有出去透透氣的感覺，如果是和喜歡的人在一起就更開心了！

# 160 問候　好久沒有聽到你的消息

你有沒有朋友消失很久、很久都沒有聽到他的消息了呢？朋友雖然說都來來去去，但看到老友的時候，還是會非常的開心！那要怎麼用英文問候老友呢？

**I haven't heard from you for ages!**
**好久沒有聽到你的消息！**

Where have you been? I haven't heard from you for ages!
你去哪了？我好久沒有聽到你的消息！

**Come and give me a hug!　過來讓我抱一下！**

Come and give me a hug! I miss you so much.
過來讓我抱一下！我好想你。

**keep in touch　保持聯絡**

Take care and keep in touch!
保重，保持聯絡！

如果要道別或是說再見的時候，你可以這樣說：
I might have to call it a day now.（今天就先這樣。）
See you late. Call me!（下次見，要打給我喔！）
Send my regards to your family.（代我向你的家人問候。）

## 161 回覆　我很好

聽到「How are you?」你是不是直覺回答「I'm fine, thank you, and you?」其實這個回覆聽起有點過時，英文母語人士都不會這樣回答耶？那就來學一下外國人都怎麼回答吧！

**I'm okay.　我很好**

I'm okay, sweetheart.

我很好，親愛的。

**I'm exhausted.　我很累**

I'm exhausted, I must get some sleep.

我很累，我一定要睡一下。

**I'm great.　我很好**

I'm great. Everything is great.　我很好，一切都很棒。

1. 如果是陌生人問，只要簡單地回覆對方就可以，例如：
   Not bad!
   All right. / Everything's all right.
   Good. / I'm good.
2. 如果是家人朋友問的話，你還可以這樣說：
   I'm frustrated.（我很懊惱。）
   I'm so stressed out right now.（我現在壓力好大。）
   I've been better.（我不太好。）
   I'm excited.（我很興奮！）

# 162 天氣　秋老虎

秋老虎指的是入秋時節突然變暖的現象。但是「秋老虎」不是直譯的autumn tiger或fall tiger喔！那英文要怎麼說呢？

**Indian summer　秋老虎**

Indian summer is a period of calm, warm weather that sometimes happens in the early autumn.

秋老虎指的是在初秋的一段暖和的天氣。

**muggy　悶熱而潮濕的**

This muggy weather is so uncomfortable.

悶熱的天氣真讓人覺得不舒服。

**breeze　微風**

The light breeze is so refreshing.

徐徐微風真令人神清氣爽。

秋老虎現象據說是因為歐洲人是到了印地安人居住地後，才發現有這個現象。另外一個說法是，夏秋之際（大概9到11月）是印地安人打獵的季節，所以才以此命名。

「秋老虎」在世界各地都有不一樣的說法，比利時說「窮人的夏天」，德國則是說「老婦的夏天」，在巴西、阿根廷、智利等國家，則是說「小夏天」。

## 163 天氣　下大雨了

下雨滴滴答答真的好煩，尤其是上班出門時，如果突然下了傾盆大雨、弄得全身濕答答，心情就會好差。下雨有分很多種形式，英文要怎麼說呢？

**downpour　傾盆大雨**

The long grasses were still soaked from yesterday's downpour.

昨天的傾盆大雨導致那長長的草叢都還浸泡在水裡。

**pour　傾瀉而出**

The rain is pouring in sheets.

雨下得非常大。

**drizzle　毛毛雨**

It's drizzling outside.

外面正下著小雨呢。

在美國還有另外一種比較道地的說法「The rain is coming down in sheets.」。sheet是被單的意思，如果雨滴像是被單一樣砸下來的話，就是下大雨的意思囉。這邊sheet記得要用複數型，表示大量的意思。

# 放晴了

據說英國人最常聊的就是天氣了。仔細想想，對於潮濕、幾乎總是在下雨的英國來說，天氣好像真的是一個不敗的話題耶！就來學一下各種天氣的說法吧！

**clear up　放晴**

Do you know if it will clear up later?

你知道等等會不會放晴嗎？

**weatherman　天氣預報員**

The weatherman has forecast a hurricane.

氣象預報員說有颶風要來。

**refreshing　提神的**

There's nothing more refreshing on a hot day than a cold beer.

炎熱的天氣裡，沒有比喝杯冰鎮啤酒更令人感到涼爽的了。

想要開口聊天氣，你還可以說：

The weather has been pleasant this week.

（這週氣候都相當宜人。）

It's warm and sunny outside.（外頭天氣溫暖又晴朗。）

165 天氣

# 颱風會來嗎？

台灣可以說是颱風最愛造訪的地方吧？碰到颱風，大家常常會問的「會放颱風假嗎？」「會來台北嗎？」這些相關的英文要怎麼說？一起來學習吧！

**Is a typhoon coming?　颱風會來嗎？**

Is a typhoon coming? I need to go and buy some food.

颱風會來嗎？我得去買些食物。

**Will it hit...?　會來……嗎？**

Will it hit Taipei?

會來台北嗎？

**typhoon day　颱風假**

Will there be a typhoon day?

會放颱風假嗎？

1.「Is a typhoon coming?」這句話通常問於比較接近的日子，而如果想要問這個週末颱風會不會來的話，可以說「Will there be a typhoon (this weekend)」？

2.「會放颱風假嗎？」也可以說：

Will they cancel (call off) work because of the typhoon?

# 166 提問　你對什麼感興趣？

在自我介紹或認識新朋友的時候，最常問：「你對什麼感興趣？」別再說自己的興趣是睡覺了，這樣說很難開啟話題，也展現不了個人特質喔！

**be into...　對……感興趣**

Are you into classical music?

你對古典樂感興趣嗎？

**spare time　空閒時間**

What do you do in your spare time, Mike?

麥克，你沒事時都在幹嘛？

**free time　閒暇時光**

How do you spend your free time?

你空閒的時候會做什麼？

其他回答興趣的例句：

I'm obsessed with movies, especially horror movies.（我很愛看電影，尤其是恐怖片。）

I absolutely love to travel.（我超愛旅行。）

# 167 喜好　背包客

興趣就是喜好，有人喜歡戶外活動，有人喜歡室內活動。興趣可以讓別人對你的個人特質更加了解，一般人有哪些喜好呢？我們一起來看看吧！

**backpack　當背包客；背著背包徒步旅行**

Traveling is one of my passions. In fact, I backpacked around Europe in my gap year.

旅行是我的愛好之一，我在空檔年的時候曾經去歐洲背包旅行。

**photography　攝影**

Are you going to enter the photography competition?

你有要參加攝影比賽嗎？

**camping　露營**

My family used to go camping when I was a child.

小時候我家常常去露營。

1. gap year（空檔年、壯遊年）：意指學校畢業後，給自己一段時間海外旅行或遊學。
2. 其他的喜好興趣還有：swimming（游泳）、cycling（騎腳踏車）、fishing（釣魚）、museum visiting（逛博物館）、shopping（購物）、cooking（烹飪）、painting（繪畫）等等。

## 168 讚美　你穿這樣很正

想要用英文開口稱讚別人，卻只能擠出「You're nice.」「It's good.」嗎？還有很多說法，讓你社交開口不詞窮，也贏得別人的讚美！

**fantastic　極好的**

You look fantastic today.

你今天很帥／很正。

**You look great.　你看起來很棒／很好看！**

You look great, Amanda. The dress really suits you and makes you look younger.

雅曼達你看起來真棒！這件洋裝很適合你耶，而且讓你看起來更年輕了。

**Where did you get them?　哪裡買的？**

I like your shoes. Where did you get them?

我喜歡你的鞋子，哪裡買的？

如果你想要稱讚對方的髮型，你可以這樣說：

I love what you have done with your hair.（我喜歡你的新髮型。）

169 邀請

# 要不要出去走走

今天天氣很好，要不要去外面走走晒晒太陽？邀約朋友一起晒出古銅色的肌膚！這些相關的英文該怎麼說？

**go for a walk / stroll　出去走走**

How about we go for a walk?

我們要去走走嗎？

**The weather today is...　今天的天氣……**

The weather today is great (incredible / amazing / fantastic).

今天的天氣很好。

**work on my tan　晒成古銅色**

I want to get a tan.

我想晒成古銅色的皮膚。

「要不要出去走走」還可以這樣說：

How about a walk?

Want to go for a walk?

「take a walk」是比較正式的說法，「go for a walk / go for a stroll」比較口語化常用，stroll更有漫無目的的感覺。

170 介紹

# 他是你的菜嗎？

要幫朋友介紹對象的時候，可能會拿照片問對方「他是你的菜嗎?」「想不想認識?」各種類型的「菜」又應該怎麼說呢?

**type　類型**

Are they your type?

他們是你的菜嗎?

**sunshine boy　陽光男孩**

Henry is a sunshine boy.

亨瑞是個陽光男孩。

**tough guy　肌肉男**

He's a tough guy. He's always working out.

他是個肌肉男，一直都在健身。

1.「陽光男孩」還可以說「a guy with a sunny personality」或是也可以用outgoing(外向的)形容也可以。

2.其他類型單字補充:

alpha(霸氣型)、intellectual(書生型)、elegant lady(氣質美女)、stone-cold fox(冰山美人)、the girl next door(鄰家女孩)、sweetheart(甜姐兒)。

# 171 安慰　別擔心，有我在

朋友心情不好時，最需要有人挺，你會怎麼安慰他？「別擔心，有我在」應該是最貼心的話了，來看看英文怎麼說吧！

**I'm here (for you)　有我在**

Don't worry. I'm here (for you).

別擔心，有我在。

**have (got) sb's back　保護（某人）**

I've got your back.

我支持你／我在你身旁。

**get through sth　挺過，度過**

You'll get through it.

你會挺過的！

1.「I'm here」如果加上for you會是比較親密的說法。

2.「Good luck!」可以表示「加油」，但是是用在鼓勵，不是用在安慰人的時候。

## 172 用語　隨便啦

「晚餐想吃什麼?」「隨便」。但會這樣說的往往意見一堆!雖然Whatever超萬用,但只會說一種說法就弱掉了XD。一起來看看還有哪些「隨便」的說法吧!

**anyway　隨便啦**

"I told you that you are TOTALLY wrong! "

「告訴你,你錯的很・離・譜!」

"Anyway..." 「隨便你怎麼說。」

**meh　嗯**

"What about steak for dinner?"

「晚餐吃牛排如何?」

"Meh..." 「嗯……」

**whatever　隨便**

"Wanna go watch a movie? "

「要不要來去看個電影?」

"Sure, whatever. " 「隨便都行。」

1. meh形容詞用來表示「不是很有趣的、不是特別的」。例如:The trip is kind of meh.(這趟旅行頗無聊。)
2. 除了說anyway之外,還可以說「Moving on.」(就聽你說啊～)然後別忘了翻白眼XD。

# 173 用語　不一定

當別人問到你不確定的事情時，通常你會回答「不一定」，那要怎麼用英文表示呢？其實意外地簡單，來看看怎麼說吧！

**Maybe, Maybe not.　不一定（也許會，也許不會）**

"Are you going to the party on Saturday night?"

「你會去禮拜六那個派對嗎？」

"Maybe, Maybe not."

「不一定。」

**It depends.　看情況吧**

"Are you going to the cinema with us tonight?"

「你今晚要跟我們一起去看電影嗎？」

"I don't know. It depends."

「我不知道耶，要看情況。」

**Possibly.　可能吧**

"Will you come tomorrow?"

「你明天會來嗎？」

"Possibly." 「可能吧 。」

如果你不確定能不能赴約或是完成某事的話，可以這樣說：
I'm not sure.（我不確定。）

174 用語

# 我手機沒電了

手機在這個時代不可或缺，沒帶手機出門整天提心吊膽。有帶出門，但發現手機沒電更是慘劇，讓我們來學關於手機的英文吧！

**cellphone is dead　手機沒電**

My cellphone is dead. Do you have a charging cable?

我的收機沒電了，你有充電器嗎？

**portable charger　隨充**

Could you lend me a portable charger?

你可以借我隨充嗎？

**freeze　當機，停止運作**

My phone has frozen.

我的手機當掉了。

1. 如果手機還有電的話，可以說「The battery is good.」。
2. 電器類都可以用be broken或是died表示「壞掉」。
3. portable：方便攜帶的。

## 175 詢問 可以再說一次嗎？

聽不懂對方的意思時，你可能會直覺回應「What?」但這樣說，可能會給人沒禮貌的印象，一起來學習怎麼樣禮貌地請對方重複一次剛講過的話吧！

**Can (Could) you repeat, please?　能請你再說一次嗎？**

I'm sorry. I don't understand. Can(Could) you repeat, please?

抱歉，我沒聽懂。能請你再說一次嗎？

**scuse me　抱歉**

Scuse me, What did you say?

抱歉，你說啥？

**Come again?　再說一次？**

Come again? I can barely believe that you said this to me.

再說一次？我不相信你會對我說這些。

1. 例句一是比較有禮貌的問法。其他相關的問法還有：
   I beg your pardon?（這句是最有禮貌的說法。通常是英國人這麼說，美國人比較少。）
2. 例句二跟三比較屬於輕鬆、較不正式的詢問。說的時候要注意語調，盡量還是對朋友說就好！
3. 「Scuse me」是「Excuse me」的口語版。

## 176 詢問　今天到底星期幾？

工作太忙或是假放太長，往往會忘了日子。「今天到底星期幾?」趕快從恍神中醒來，學學這句英文要怎麼說吧！

**What day is it anyway?　今天到底星期幾?**

What day is it anyway? It feels like this week is never-ending.

今天到底星期幾?感覺這週好漫長。

**blursday　不知道今天星期幾**

Every day is blursday to me.

每天對我來說都很模糊。

**confused　恍神**

It's nothing, I'm just confused. I thought it was Friday.

沒事，我恍神了，我剛剛以為今天是星期五。

俚語blursday「不知今天星期幾」由blur（模糊的記憶、記不清的事）與sday（如Tuesday、Wednesday、Thursday星期幾後面的字尾）所組成。

177 情緒

# 好緊張喔！

在看各類比賽的時候，你也會替選手們感到緊張嗎？「好緊張喔」「心臟快跳出來了」「太刺激了」「我不敢看」要怎麼說呢？

**tense　緊張的；焦慮的**

I'm so tense.

我好緊張。

**nerve-racking　使人心煩的；折磨人**

This is so nerve-racking.

這好折磨人喔！

**insane　瘋狂的**

This is insane.

這好瘋狂！

1. 講到緊張，通常都會想到直譯「I'm very nervous.」但通常nervous用於描述經驗、講故事時才會說，口語不太會說。
2. 「nerve-racking」中nerve是神經；而rack則是折磨之意。
3. 「好緊張喔」其他相關的說法：
   My heart is beating so fast.（心臟快跳出來了。）
   This is crazy / insane / wild.（太刺激了。）
   I can't watch.（我不敢看。）

# 178 詢問　你去剪頭髮喔？

週末回來發現同事或同學看起來不一樣了，馬上問他是不是去剪頭髮了？還想問「去哪剪的?」「多少錢?」的話，英文要怎麼說呢？一起來學習吧！

**get a haircut　剪頭髮**

Hey, did you get a haircut?

嗨，你去剪頭髮喔？

**trim　修頭髮**

I went to the salon to trim my hair.

我去沙龍修了頭髮。

**hairstylist　髮型設計師**

I'm going to the same hairstylist for years.

我已經很多年都找同一個髮型設計師了。

1. 如果要問人家去哪裡剪的，可以說：Where did you get it cut?
2. 問剪一次多少錢，可以說：How much was it?
3. 想稱讚對方的頭髮很好看，你可以這樣說：It looks really good.（good可替換成great / nice / cute / cool / pretty）

179 髮型

# 你綁馬尾好可愛

女孩子綁馬尾，總會讓一票男孩子著迷，因為給人一種很有活力跟朝氣的感覺！這篇來學學「馬尾」「雙馬尾」「辮子」等等髮型的說法吧！

**ponytail　馬尾**

Your hair is really cute in a ponytail.

你綁馬尾好可愛。

**twin tails　雙馬尾**

You look good in twin tails.

你綁雙馬尾好可愛。

**braid　編辮子**

I got my hair braided.

我編了辮子。

1.「雙馬尾」另一個說法是pigtails，不過這個單字比較常用在形容小朋友的髮型。
2.「辮子」英式的說法是plaits / plaited hair。

180 道理

# 我想看見人生

《艾蜜莉在巴黎》劇情描寫不會說法文的美國女孩被派駐到法國巴黎的行銷公司工作，在那邊遇到的各種挑戰，當然還少不了文化碰撞啦，一起來看看劇中的金句吧！

**I want to see life.　我想看見人生**

Happy endings are very American,I want to see life.

完美結局很美國，但我想看見人生。（通常法國人會這樣說）

**balance...with / and...　在……與……間取得平衡**

Perfume is like in life, one has to balance the sweet with the stinky.

香水就像生活一樣，我們必須在甜蜜和酸澀中取得平衡。

**expect　預料；預計**

Sometimes your dream is somewhere you didn't expect it to be.

夢想有時來得很突然，你無法預料。

看了這些金句之後，你是不是也開始思考工作和生活之間的平衡呢？

Without pleasure, who are we?

（如果生活沒了樂趣，我們還算什麼呢？）

法國人對生活品質的追求，真的很值得我們思考和學習！

181 狀態

# 我終於脫單了

終於交到另一半了！內心是不是在灑花呢？不但感情上「脫單」，也有種「脫魯」的感覺，這兩種好心情要怎樣用英文表現呢？

**give up sb's single life　某人脫單了！**

I gave up my single life!

我脫單了！

**got a girl / found a guy　交女友／交男友**

I finally found a guy! And you know what? He's so handsome!

我交到男友啦！而且你知道嗎？他超帥！

**sb is not single anymore　終於不再單身**

I'm not single anymore!

我終於不是單身了！

1.「脫魯」這個概念源自於「loser（魯蛇）」，也有些人視單身很魯，有對象之後就能脫魯、脫離魯蛇群，成為「溫拿winner」啦！

2. 上面三個例句都是比較正式一點的說法。

## 182 狀態　穩定交往中

交到男女朋友後，會進入一段「穩定交往中」的甜蜜狀態，不再孤單一個人了。看看這個充滿幸福的英語該怎麼說！

**partner up with sb　穩定交往中**

I heard Mike partnered up with May!

聽說麥克跟玫穩定交往中耶！

**stop flying solo　不再孤單一人**

I stop flying solo!

我不再孤單一人了！

**dating sb / going out with sb　跟某人出去約會、談戀愛**

Tom is going out with Jane now.

湯姆和珍在談戀愛耶。

1.partner在這邊當動詞，有「與……合作；與……搭擋」的意思。合作會用「partner up for」，「partner up with sb」則是和某人發展穩定伴侶關係的意思。

2.solo是副詞，「獨自的」之意。「I stop flying solo.」也可以說「I stop going solo.」

## 183 行動　把妹

脫離單身先要有行動，在夜店或酒吧這種容易邂逅的場合，你會常常看到有人在「把妹」，這個追求女生的起手式該怎麼說？

**on the hunt (for a girl)　獵豔；把妹**

I'm on the hunt for a new girl.

我在把個新妹。

**get hitched　結婚**

Many of my friends are getting hitched.

我好多朋友都要結婚了喔。

**be back on the market / be available**

**恢復單身／沒對象**

I broke up with my girlfriend, so I'm back on the market.

我跟我女友分手了，所以我又恢復單身了。

1. 看見有人在把妹，可以說「on the hunt」或是「on the prowl」。前者原意是「搜尋、搜索」、後者的原意是「悄悄潛行」，把妹就像動物接近獵物那樣。
2. hitch是「拴住、套住」的意思。
3. 「be back on the market」回到市場上，意指恢復單身。available原意為「可用的、有空的」，也可指「單身」。

# 184 用語　另一半

男女朋友是boyfriend、girlfriend，夫妻是wife和husband，couple表示伴侶。但「另一半」還有哪種說法？另外也來學學英文中的「各種愛」吧！

**better half / other half　另一半**

Remember to bring your other half next time we meet.

下次見面的時候，記得攜伴！

**puppy love　純純的愛**

Their songs were primarily about school life and puppy love, and most of their fans were youngsters.

他們的音樂主要在講述校園生活以及純純的愛，因為他們的粉絲大多都是年輕人。

**love at first sight　一見鍾情**

Tell me about the girl you're dating. Was it love at first sight?

要不要聊聊最近你的約會對象？你對他是一見鍾情嗎？

「my better half」「my other half」「my partner」表達自己的另一半，這個詞可以用在男女朋友、同性伴侶、夫妻等親密關係上。

# 185 心情　人家好想你

依據小編滾動式調查，台灣女生會撒嬌的比例特別高，這可能是因為台灣女生特別可愛吧！那要怎麼用英文撒嬌呢？

**miss you so much　真的很想你**

It has been a long time since we haven't seen each other. I really miss you so much!

好久不見了，人家很想你！

**act cute　裝可愛**

That girl is really acting cute around you. I think she likes you.

那個女生都會對你裝可愛耶，她大概喜歡你吧。

**flirt　搞曖昧／打情罵俏**

Katrina flirts with every man in the office.

卡崔娜和辦公室的每個男人搞曖昧。

英文裡面沒有可以直接傳達「人家」這個概念的字。如果想用英文撒嬌、表達「很想你」的話，可以多加一點字、調整一下語調和口氣。例如本來是「I miss you.」，你可以拉長為「I really miss you so much!」其中really和so這兩個字，你可以把尾音多拉長一點，就有撒嬌的感覺啦！

## 186 心情　暗戀

學生時期有沒有偷偷暗戀人的經驗咧？每次看到暗戀對象都會笑得跟白癡一樣 XD！來學學「暗戀對象」「靈魂伴侶」「天生一對」的說法。

**crush　暗戀對象**

I just saw my crush, and I smiled like an idiot.

剛看到我暗戀的人，我笑得跟白癡一樣。

**soulmate　靈魂伴侶；知己**

I think she's my soulmate, I want to marry her.

我想她就是我的靈魂伴侶了，我要跟她結婚。

**perfect match　天生一對**

Herman is the perfect match for me.

赫曼和我是天生一對。

1. crush這個字動詞有粉碎、擊垮的意思，當名詞除了可以指「迷戀、愛慕」，在口語中也可以拿來指暗戀對象。
2. 「perfect match」和常常聽到的「Mr. right」「Miss right」滿類似的。

## 187 諾言　一生摯愛

每個人都「追求愛情」，希望從「約會對象」，進展到「一生摯愛」。這幾個階段的英文該怎麼說？

**love of my life　一生摯愛**

I got married to the love of my life.

我和我此生的摯愛結婚了。

**date　約會；約會對象**

He asked her out on a date.

他把她約了出去。

**court　求愛；追求**

Are you courting Amy?

你在追艾咪喔？

date當名詞用是「約會對象」或是「約會」這件事；動詞是指「約會」這個動作。

# 188 狀態 墜入愛河

愛上一個人的時候，眼裏好像就只看得到對方一個人。這種「墜入愛河」的感覺你也有過嗎？你已經遇到那個與你一拍即合的人了嗎？

**head over heels　墜入愛河；神魂顛倒**

Jack fell head over heels in love with Rose and wanted to spend every minute of the day with her.

傑克對蘿絲神魂顛倒，而且想每天分分秒秒跟她相處在一起。

**connection　情感連結**

I felt the connection instantly.

我感覺和她一拍即合。

**chemistry　情愫**

I can feel the chemistry between Amy and me.

我可以感覺到艾咪我和之間的氛圍有點不一樣。

1.instantly：立刻地。

2.chemistry名詞另一個意思是「化學」，但用於情感關係上的話，就是兩個人間的互相吸引，產生化學變化之意。

## 189 行動　告白

對喜歡的人訴說心意、講出自己對他（她）的感覺，你有過這樣的「告白」經驗嗎？還是常有被告白的經驗？「告白」之後又會如何發展呢？

**confession　告白**

I want to make a romantic confession.

我想準備一個浪漫的告白。

**tie the knot　結婚**

Tying the knot is a life-long commitment.

結婚是終生的承諾。

**bachelor / bachelorette　單身男／單身女**

Ben remained a bachelor until he was well into his 40s.

班一直到四十幾歲還是單身。

1. 西方比較傳統的婚禮，會有一個儀式是需要新郎新娘雙方拉繩、將繩索打結，表示兩人就此不分離的意思。tie是打結，knot則是繩結，和月老的紅線很像！
2. commitment：承諾。

# 190 狀態　我要被閃瞎了

路邊的情侶一直摟摟抱抱，會不會太超過？我要被閃瞎了！可以請兩位冷靜一點嗎？太刺眼了，我眼睛好痛！

**hurt my eyes　刺眼**

It hurts my eyes! I need sunglasses!

好刺眼！我需要墨鏡！

**I don't want to see that!　我不想看！**

You guys go get a room! I don't want to see that!

你們兩個去開房間啦！我不想看！

**Tone it down!　冷靜／低調一點！**

Would you two just tone it down a little bit?

你們兩個可以低調一點嗎？

1. 如果被閃到，可以說「I don't want to see that!」「Nobody wants to see that!」
2. 在捷運上、路邊等等公共場所摟摟抱抱，場合非常不合適，那麼你就可以說「Tone it down!」這個說法更有批評的感覺。 tone有「調整」的意思，tone sth down指的是「使和緩、使減輕」，放在這個情境下，就表示「冷靜點」。
   類似的說法還有That's a bit too much!（太超過了！）

## 191 行動　放閃

情人節的時候，路上或是IG上常常看閃閃發光的情侶，閃到小編都想把墨鏡戴上了。這種公然放閃的英文要怎麼說嗎？

### PDA　公然放閃

Can you guys tone it down the PDA's a bit?

你們兩個可以冷靜一點不要一直放閃嗎？

### make out　喇舌

Do you want to make out?

親一下嗎？

### snogging　擁吻

They are snogging on the couch.

他們在沙發上擁吻。

1. PDA這個詞是「public display of affection」的縮寫。你可能常常在 Instagram上面看到，指的就是公然放閃。
2. snog是英國的俚語，有「擁吻」「愛撫」的意思，通常用進行式snogging表示。

## 192 行動　去開房間啦！

看到眼前的情侶動作頻頻，接吻、喇舌樣樣來，你可能會開玩笑的對他們說：「去開房間啦！」這句英文你知道要怎麼說呢？

**get a room　去開房間**

Get a room you two love birds! We're trying to watch the game here.

你們兩個去開房間啦！我們在看比賽耶！

**all over each other　兩人交纏**

They're all over each other.

他們兩人交纏在一起。

**necking　摟住脖子親吻**

Johnny was necking me last night.

強尼昨晚擁吻我。

我們常常看到all over這個字，像是「all over the world」（遍布世界）。想當然指的就是「到處」這個意思，「all over each other」就是指兩個人濃烈到化不開、都要黏在一起。

## 193 用語 渣男

遇到一個男生，覺得他好懂我、興趣都好契合，結果相處久了才發現他的真面目是時間管理大師「渣男」一個……別哭，把這種混蛋的英文先學起來！

**fuck boy　很懂玩的渣男**

Don't trust John's sweet talk. He is a total fuck boy.

別相信約翰的甜言蜜語，他是個徹底的渣男。

**wolf　色狼**

Eric has the reputation of being a wolf.

聽說艾立克是個色狼。

**two-timer　時間管理大師；劈腿的人**

I had never thought of Susan as a two-timer until I saw the evidence.

在看到證據之前，我完全沒想過蘇珊是個時間管理大師。

two time可以當成動詞使用，指的是「腳踏兩條船」，加上er就變成「劈腿的人」。two-timer並不只限於渣男，也可以用在渣女身上，畢竟劈腿是不分男女都有可能做出的事，另外也可以說cheater。

## 194 用語　玩咖

玩咖總是會放超多條線，就等魚上鉤，堪稱「海王」。你身邊也有這樣的人嗎？還是你本人就是「玩咖」？一起來學學「玩咖」的英文怎麼說吧！

**Romeo　羅密歐；玩咖**

Daniel likes to fool around with girls. He thinks he is Romeo.

丹尼爾很喜歡和女生搞曖昧。他以為他羅密歐喔。

**playboy　花花公子**

Don't fall for him. He's a playboy.

別愛上他，他是個玩咖。

**player　玩家**

He's such a player.

他是個玩家。

1.「Romeo」就是我們所知《羅密歐與茱麗葉》中的男主角，如果你在英文對話中聽到有人被指「羅密歐」，就是說他自以為很有魅力，但又很懂玩！

2. 補充單字：fool around（搞曖昧）。

## 195 用語　暖男

我們常常說一個男生對於每個人都很好、像中央空調一樣，會稱他為「暖男」。那你知道英文要怎麼說嗎？「小鮮肉」又要怎麼說呢？一起來看看吧！

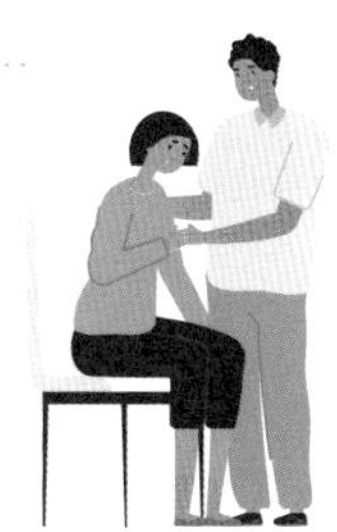

**caring guy　暖男**

I think John is a very caring guy.

我覺得約翰真的是個暖男。

**hunk　巨巨；肌肉男**

I'm not so fond of hunks, I like a man of average build.

我不太喜歡肌肉男，我喜歡中等身材的。

**stud muffin　小鮮肉**

Look at the stud muffin over there! He's really my type.

快看那邊的小鮮肉！真的是我的菜。

1. 英文裡面沒有一個特殊的單字可以直接對應暖男，可以用caring guy、thoughtful guy（體貼的男生）或sweet guy（溫和親切的男生）來表達。
2. hunk本來的意思是「大片、厚片」，後來拿來指高大健壯的男子。
3. stud這個字本來指種馬，俚語指「風流男子」。muffin是馬芬蛋糕，stud muffin起源指「性感多情的男子」，就是小鮮肉的概念啦。

## 196 用語　工具人

學妹叫你幫他修電腦，你心甘情願嗎？小心變成「工具人」啊！那，另外「阿法男」「貝塔男」又是什麼？我們一起來了解吧！

**errand boy　工具人**

Girls with Princess Syndrome like to use men as errand boys.

有公主病的女生很喜歡把男生當成工具人使喚。

**alpha male　阿法男（強勢的男人）**

That guy is a total alpha male, better not invite him over.

那男的是個阿法男，最好不要邀請他。

**beta male　貝塔男（不夠自信的男人）**

Beta males lack masculine energy and are easily friend-zoned.

貝塔男沒有男子氣概，很容易被發好人卡。

「工具人」台灣人常常直譯成toolman，但toolman更常拿來指「使用工具器械的工作人員」。errand boy是比較精準的翻法，errand是「差事」，有些公司或是機構也會請errand boy打工，處理一些雜事。放在感情關係中，則形容總是幫喜歡之人跑腿的人。

## 197 提問　外表還是內在重要？

和朋友聊起感情的時候，「你覺得外表比較重要還是內在？」是最常問到的問題，你是外貌協會嗎？讓我們來看相關的英文用語吧！

**Looks or personality　外表還是內在**

What do you think is more important, looks or personality?

你覺得哪個比較重要？外表還是內在？

**easy on the eyes　賞心悅目**

So long as they are easy on the eyes.

好看就OK。

**Looks are important to me.　我是外貌協會**

I'm a little bit superficial. Looks are important to me.

我比較膚淺一點啦，外表對我來說滿重要的。

1. 外表和內在其實也有比較偏向書面的寫法，分別是「physical appearance」和「individual character」。但在口語中還是looks、personality比較常見！
2. So long they are pleasing to the eye.（至少外貌要過基本關。）
3. 外貌協會也可以說：I'm a person who judges people based on their looks.（我以貌取人。）

# 198 提問　你願意當我女朋友嗎？

年底有聖誕節還有跨年，根本就是告白的旺季，這時候「你願意當我女朋友嗎?」這句話不能不會，不然未來一年還是脫不了單！

**be sb's boyfriend / girlfriend**
**成為某人的男朋友／女朋友**

Do you want to be my boyfriend / girlfriend?
你願意當我男／女朋友嗎？

**win sb's affections　贏得某人的愛**

John was still hopeful of winning Cindy's affections.
約翰仍舊希望贏得辛蒂的愛。

**commitment　承諾**

Marriage is no longer always seen as a lifelong commitment.
婚姻不再被視為一生的承諾。

如果想要告白表示「你願意當我女朋友嗎?」可以用第一和第二個例句，但是丘比特要提醒你，別急著問這兩個問題，否則告白很容易失敗！你可以先約對方出去約會，所以可以試著先說說看第三個例句喔。

# 199 用語 已讀不回

曖昧的時候，傳訊息給喜歡的人就會好期待對方的回覆，但如果他「已讀不回」「不讀不回」的時候就會好難過（哭）。但難過歸難過，還是來學學怎麼說吧！

**leave sb on read　已讀不回**

Why did you leave my messages on read?

為什麼你要已讀不回我？

**sb didn't read sb's message　不讀不回**

She didn't read my message.

她沒有讀我的訊息。

**Do you have LINE?　你有LINE嗎？**

Do you have LINE? We can contact each other through LINE.

你有LINE嗎？我們可以用LINE聯絡彼此。

1. 要注意read是過去分詞，所以要唸成[rɛd]。不讀不回unread [ʌnrɛd]，和已讀on read [ɑnrɛd]的發音要注意。
2. 另外想抱怨或訴苦「某某人都沒讀我訊息耶」英文還可以這樣說：He didn't even read (look at) it.（他甚至都沒讀訊息。）

## 200 用語　母胎單身

「母胎單身」這個詞是從韓國來的，指「從小到大都沒有男女朋友的人」，在台灣則常說是「魯蛇」。給大家介紹各種關於魯魯的英文用語吧！

**relationship virgin　母胎單身**

I'm 35 and never had a girlfriend—I'm a total relationship virgin. But I don't feel bad about it.

我35歲，從來沒交過女朋友——是個徹底的母胎單身者。但我並不覺得很糟。

**forever alone　魯一輩子**

Since I am forever alone, I am going to binge-watch my top 10 favorite Korean dramas tonight.

既然我都要魯一輩子了，今晚我要來追我心目中前十名的韓劇。

**quirky-alone　樂單族；享受單身者**

I prefer to be alone rather than date for the sake of it. You can say I'm quirky-alone.

比起為了約會而約會，我更喜歡單身。你可以說我是個樂單族。

relationship除了泛指「關係；聯繫」之外，還可以特指「情感關係」。如果你在情感關係上是個virgin（處男／處女），那就是母胎單身的意思。

201 用語

# 視訊突襲

COVID-19疫情大大改變了人們的生活，讓遠距上班變成一種常態，也帶來了不少新的英文單字，一起來學習這些因疫情創造的新單字吧！

**Zoombombing　視訊突襲**

Today's remote conference was interrupted by anonymous Zoombombing.

今天的遠端會議被匿名的「視訊突襲」干擾。

**infodemic　假訊息大流行**

The infodemic makes it hard for people to find trustworthy information.

假訊息大流行讓人很難找到值得信賴的消息。

**coronazi　新冠納粹；防疫魔人**

The coronazis tell other people to obey the rules.

那些新冠納粹要其他人好好遵守規定。

1.Zoom是免費遠端會議的軟體，Zoombombing指被駭客入侵，會議被迫中斷。
2.infodemic是由「information資訊」和「epidemic疾病流行」這兩個單字組合而成，指有關疫情的假訊息廣泛流傳的現象。
3. 相對covidiot（防疫豬隊友），coronazi指的是那些不斷提醒別人遵守防疫規定的人。

## 202 用語　簽署

國際新聞中常出現「簽署」「罷工」這些字眼，用英文說看似有點難，其實比想像中的容易。我們就從這些基礎單字開始看英文報導吧！

**ink　簽署**

Thailand and South Korean ink agreement on cinematic cooperation.

泰國與南韓針對電影合作簽訂協議。

**strike　罷工**

Teacher strikes idle kids.

老師罷工，學童沒事做。

**wow　讚嘆**

Prince Charles's climate change passion wows Trump.

查理王子對氣候變化的熱情讓川普讚嘆不已。

TIPS

1.ink本來是名詞「墨水」，亦可當成動詞「簽署」使用。

2.例句二乍看你會以為標題在說「老師打了懶惰小孩」，但strike在這裡不是動詞「打擊」，而是名詞的「罷工」。idle在這邊從形容詞「空閒的、懶惰的」變成動詞，意為「使……無所事事」。

3.wow本來是感嘆詞「哇」，當成動詞為「讚嘆」之意。

## 203 用語　擴增實境

現在科技越來越發達，手機一代比一代還要新穎。各種功能都好方便！那你知道有哪些相關的英文單字嗎？一起來學習吧！

### AR　擴增實境

iPhone 12 pro has Augmented Reality (AR).

iPhone 12 搭載了擴增實境的技術。

### 5G　第五代行動通訊技術

5G is the 5th generation mobile network.

5G就是第五代行動通訊技術。

### Retina　視網膜畫面顯示技術

The iPhone's Retina display is one of the best mobile displays in the market.

iPhone的視網膜畫面顯示技術是目前市面上手機顯示器上最好的。

1. 擴增實境（Augmented Reality）：讓現實世界和螢幕中的虛擬世界進行互動。
2. Retina本來指的是「視網膜」，這邊指的是蘋果的畫面顯示技術。Retina 顯示器色彩呈現良好，畫面更接近真實。

204 用語

# 封城

Covid-19 疫情延燒的這幾年，改變了世界，也讓許多字彙成為媒體報導的關鍵字，就讓我們來學學相關的用語吧！

**lockdown　封城**

Non-essential shops were forced to close during the lockdown.

非必要性商店被迫在封城期間關閉。

**key worker　關鍵的工作人員**

He unveiled new schemes aimed at helping key workers buy property.

他公布了旨在幫助關鍵工作人員購買房產的新計畫。

1.lockdown本來用於關押犯人或緊急時的封鎖。2020年疫情延燒，lockdown就變成熱門單字「封城」的意思。

2.key worker指那些對社會有重要意義的工作者，例如醫護、警消人員等等。

205 用語

# 無薪假

疫情之故，大家都戴上了口罩，保持社交距離。因為重創了許多產業，許多人都被迫放了無薪假，這些詞都成了年度熱門單字。

**furlough　無薪假；強制休假**

Because of COVID-19, the company furloughed 150 of its employees.

新冠肺炎疫情影響，這家公司讓150名員工放了無薪假。

**distancing　保持距離**

Social distancing can be the most effective and easiest way to stop the spread of the virus.

保持社交距離是防止病毒擴散最簡單且有效的方法。

**face mask　口罩**

Do face masks offer any protection against the virus?

口罩能夠阻擋任何病菌嗎？

你可以用distancing表示「保持距離」，更精確一點則是用social distancing「保持社交距離」表示。

206 用語

# 校正回歸

在疫情疫情變得比較緊繃的時候，政府也制定了很多預防疫情擴大的政策。那大家都在討論的「實名制」「校正回歸」「遠距上課」的英文要怎麼說？

**text message real-name registration system**
**簡訊實名制**

The goverment launched a text message real-name registration system.

政府推出了簡訊實名系統。

**backlog / data revision　校正回歸**

There is a huge backlog of COVID-19 tests that need to be processed.

新冠肺炎的確診數字還有很多需要校正回歸。

**distance learning　遠距教學**

The COVID-19 crisis has forced schools to adopt distance education.

新冠疫情迫使學校採用遠距教學。

1.backlog原意是「累積的工作」，也可以用來指「校正回歸」。date revision是「數據的修正」的意思！校正回歸也可以說retrospective adjustment（追溯以往的調整）。

2.「遠距教學」也可以說distance education、remote learning。

## 207 用語 紓困補助

受到疫情衝擊的行業，政府也因此擬定了紓困的計畫，就來學一下「紓困」「補助／津貼」「振興經濟」的英文要怎麼說吧！

**a relief package　紓困方案**

The government provided an economic relief package to help those who lost their jobs due to the pandemic.

政府提供經濟紓困方案來幫助因為疫情而失業的人。

**subsidy　補助／津貼**

The government also brought forth a proposal to pay cash subsidies to families with young children.

政府還提出方案要發放現金補助給有小孩的家庭。

**boost the economy　振興經濟**

Governments in different countries have devised various plans to boost domestic economic growth.

各國政府規畫出各式各樣的計畫來刺激國內經濟成長。

1.relief名詞的意思是「放心，鬆口氣」。

A: My COVID-19 test just came back negative!
（我的新冠肺炎採檢結果是陰性！）

B: What a relief! I am so glad you don't have the virus!
（那我就放心了！真高興知道你沒中鏢！）

2.除了boost，也可以用stimulus（刺激）。

208 用語

# 疫苗殘劑

還記得疫情一開始的時候，疫苗供不應求、大家到處排殘劑情況嗎？這篇我們就來學學和疫情相關的英文單字吧！

**leftover vaccines　疫苗殘劑**

The CDC has announced that adults aged 18 and over can register for leftover vaccines.

衛福部宣布18歲以上的成人可以登記疫苗殘劑接種。

**Level 3 alert　三級警戒**

Taiwan's level 3 alert has been extended to July 12, but it is not yet known when restrictions will be lifted.

台灣三級警戒延長到7月12日，但還不知道什麼時候會取消限制。

**the third wave (of COVID-19)　第三波疫情**

Experts have said that India is worried it will see the third wave of COVID-19.

專家表示印度恐怕要迎來第三波新冠疫情。

你可能學過leftovers名詞是「剩菜，剩飯」的意思，當成形容詞則是「剩下的」的意思。疫苗相關的單字還有：

vaccine（疫苗）、vaccinate（為……接種疫苗）、vaccination（接種疫苗）

## 209 用語　微解封

電視上常看見疫情指揮中心說的「微解封」「確診者足跡」「潛伏期」要怎麼用英文表達呢？讓我們一起來學習吧！

**ease / relax restrictions　微解封**

The CECC announced new guidelines to ease restrictions.

指揮中心發布了微解封的最新指引。

**footprints of confirmed cases　確診者足跡**

The footprints of confirmed cases were centered around the city's traditional markets.

確診者足跡集中在該城市的傳統市場。

**incubation　潛伏期**

The incubation period of COVID-19 is between 2 and 14 days.

新冠肺炎的潛伏期大約在2到14天。

1.ease意思是「減輕；降低」，relax是「放寬」，所以微解封你就可以說「ease restrictions」或是「relax restrictions」。

2.footprint是「腳印；足跡」的意思，confirmed case則是「確診病例」。

## 210 用語　遠端工作

疫情期間很多公司都執行「遠端工作」，在家工作省下了通勤的時間，但也有許多不方便的地方，未來會不會變成常態呢？

**work from home　遠端工作**

Work from home may stay even after the pandemic scare fades.

就算疫情恐慌減輕了，居家辦公仍有可能繼續延續下去。

**work-at-home　在家工作**

A recent study found that work-at-home parents had more trouble focusing on work.

近日研究指出，本來就在家工作的父母，在工作上較難專注。

**telework　遠程辦公**

She teleworks just two days a week.

她一週只有兩天是遠程辦公。

1.work at home 指的是「本來就在家工作」，例如自由工作者。

2.work from home 指的是「原本在公司工作，因為特殊狀況才在家工作」。

3.「遠端工作」還可以這樣說：work remotely、telecommute。

# 211 用語　打兩劑疫苗

「你疫苗打了幾劑？」這個問題在疫情期間根本跟「你吃飽沒？」一樣常見XD。疫苗相關的英文要怎麼說呢？

**vax　疫苗／接種疫苗**

Only vaxxed people are allowed to enter the bar.

只有接種過疫苗的人才可以進去這間酒吧。

**double-vaxxed　接種兩劑疫苗**

In some countries, #doublevaxxed has become a popular hashtag on Instagram.

在某些國家，「#接種兩劑疫苗」已經成為IG上的熱門標籤。

**unvaxxed　沒接種疫苗**

Due to COVID-19, many unvaxxed people are unable to travel to other countries.

因為新冠疫情的緣故，很多沒接種疫苗的人無法前往其他國家。

1. vax是牛津字典所公布2021的年度代表字，為vaccine（疫苗）的簡寫，也是vaccinate（給……接種疫苗）的縮寫。
2. 補充單字anti-vaxxer（反對打疫苗者）。

## 212 用語 混打

「你疫苗打三劑了嗎?」「你有混打嗎?」「完全接種了嗎?」這些在疫情時期常見的「問候語」英文怎麼說?

**mix and match　搭配混合，混打**

Can I mix and match vaccines?

我可以混打疫苗嗎?

**the third shot　第三劑**

I felt uncomfortable after the third shot of Moderna COVID-19 vaccine.

打完第三劑莫德納疫苗後，我覺得不太舒服。

**fully vaccinated　完全接種**

Fully vaccinated people can enter the country without quarantine.

完全接種疫苗的人可以免隔離入境該國家。

1. mix and match也可以用在形容衣著風格混搭。
2. 打不同牌子可以用複數的vaccines。但如果是同一個牌子，即使打了很多劑，也會用單數vaccine。
3. 第三劑還可以說「third dose of a vaccine」「booster shot」(加強劑)。

# 213 用語 五倍券

疫情趨緩的時候，政府推出了「五倍券」，希望可以振興台灣的經濟～那你之前是選拿紙本，還是數位綁定了呢？一起來學五倍券的英文怎麼說吧！

**Quintuple Stimulus Voucher　振興五倍券**

Although there are many kinds of Quintuple Stimulus Vouchers, printed ones are the most popular.

雖然五倍券有很多種類型，但紙本的五倍券還是最受歡迎。

**voucher　票券**

The voucher is valid between July and December.

這個票券有效期間是7月到12月。

**quintuple　五倍的**

Since 2010, the company's revenue has quintupled.

自2010年以來，該公司的收入已經是過去的五倍。

1. stimulus為「刺激，激勵」，voucher是「現金券」的意思。
2. 倍數的說法：twice（兩倍）、triple（三倍）、four times（四倍）。
3. 補充單字：printed voucher（紙本票券）、digital voucher（電子票券）。

## 214 用語　台灣之光

台灣的運動人才輩出！還記得之前台灣奧運的亮眼表現嗎？那你知道「台灣之光」怎麼英文表達嗎？一起來學學吧！

**the glory of Taiwan　台灣之光**

The performance of Taiwanese athletes at the Tokyo Olympics is inspiring people. They are undoubtedly the glory of Taiwan.

台灣運動員在東奧的表現非常激勵人心，他們無疑是台灣之光。

**Olympic medal　奧運獎牌**

She won three Olympic medals.

她贏得了三面奧運獎牌。

**the Olympics　奧運**

The Olympic Games are held in a different country on each occasion.

奧運都會在不同的國家舉辦。

1.glory為榮耀之意，也可以說the pride of Taiwan（台灣的驕傲）。

2.獎牌單字：gold medal（金牌）、silver medal（銀牌）、bronze medal（銅牌）。

3.差一個s不一樣：

olympic (a.)：奧運相關的：Olympic committee（奧委會）。

olympics (n.)：奧運（=The Olympic Games）

## 215 用語 運動家精神

每四年一次的奧運，是每個運動員展現訓練成果的時候、也是挑戰自我的時候。運動比賽最可貴的莫過於每個選手所展現的「運動家精神」了！那你知道英文怎麼說嗎？

**sportsmanship 運動家精神**

She embodied good sportsmanship on the playing field.

她在賽場上展現了良好的體育精神。

**athlete 運動員**

He has the build of an athlete.

他有一副運動員的體格。

**fighting spirit 鬥志**

Don't take no for an answer Where's your fighting spirit?

不達目的不甘休。你的鬥志哪裡去了？

補充運動項目的英文：badminton（羽球）、table tennis（桌球）、udo（柔道）、weghtlifting（舉重）。

# 216 用語　人口販賣

被騙到國外工作的詐騙新聞有看過嗎？到外國工作固然吸引人，不過還是要小心為妙。今天就一起來學學「人口販賣」「犯罪集團」「高薪工作」的英文要怎麼說吧！

**human trafficking　人口販賣**

Recently, there has been a lot of news about human trafficking in Cambodia.

最近，有很多關於柬埔寨人口販賣的新聞。

**high-wage　高薪**

The human traffickers promised many people high-wage work.

人口販子稱民眾們能夠有高薪的工作可做。

**organized crime　組織集團犯案**

The police believe this might be linked to organized crime.

警察表示這個可能與集團犯罪有關。

1.「high-wage」還可以說「high-salary」。

2.其他相關的單字補充：human trafficker（人口販子）、crime group (gang)（犯罪集團）、casino（賭場）、bogus（假的）。

217 用語

# 黑色星期五

你聽過「黑色星期五」（Black Friday）嗎？那是美國的消費大節日喔！但為什麼是「黑色」呢？跟消費、促銷有關的英文有哪些？

**steal　便宜（到像是偷來的東西）**

It's a steal.

這也太便宜了。

**promotion　促銷活動**

Are there any promotions going on?

現在有什麼促銷活動嗎？

**buy-one-get-one-free　買一送一**

Do you have any deals, like the buy-one-get-one-free offer?

你們有什麼優惠活動嗎，像是買一送一之類的？

1975年11月29日，費城舉辦了美式足球比賽，但那天也剛好碰上了大量的購物人潮，造成費城交通大混亂。很多司機也因此形容那天是「黑色星期五」。

傳統帳簿上習慣會用紅色代表赤字（虧損），黑色代表盈餘（賺錢），購物潮帶來的利潤當然帳簿上都是用「黑色」書寫囉！

# 218 用語　候選人

你是關心選舉的人嗎？我想台灣是世界上有名對選舉狂熱的國家，這篇我們就來學學和選舉有關選舉的英文用法吧！

**candidate　候選人**

There are two candidates in this election.

這次選舉有兩名候選人。

**campaign　競選活動**

The endless public appearances are an inevitable part of an election campaign.

沒完沒了的公開露面是競選活動不可或缺的組成部分。

**the hustings　政見發表會**

Three weeks before the election the candidates are all out on the hustings.

選舉前的三個星期，候選人都在竭盡全力拉票。

1. 候選人還可以分成兩種，分別是leading candidate（領先候選者）、long-shot candidate（落後候選者）。
2. campaign除了可以指「戰役」，也可以指商業的活動，或是政治性的活動。就選舉來說，就是競選活動囉！

# 219 用語 拉票

繼上一篇，我們繼續來看看「遊說」「拉票」「投票」這些與選舉相關的單字片語有哪些，應該怎麼說！

**canvass　拉票**

The candidate announced in-person canvassing.

那名候選人說要親自拉票。

**vote　投票，選票**

He voted against the motion.

他對動議投下反對票。

**ballot　選票；不記名投票**

They decided to hold a ballot.

他們決定舉辦一個不記名投票。

1.vote 動詞為「投票」，名詞則是「選票」之意。

2.補充單字：suffrage（投票權）。

# 安靜離職

「安靜離職」並不是真的默默離職了；而是指「只做自己份內的事情，達到基本要求、工作中不投入額外的情感和心力」，讓自己從工作中抽離。

**quiet quitting　安靜離職**

"Quiet quitting" means you have given up on the idea of going above and beyond in your job.

「安靜離職」意思就是你放棄在工作上進步與發展的想法。

**quiet firing　安靜開除**

"Quiet firing" means employers intentionally treat you badly so that you will leave your job.

「安靜開除」就是指雇主故意的對你不好，讓你自動離職。

**burnout　過勞；(職業)倦怠**

After working three days in a row, I am totally burnout.

連續工作三天，我已經疲憊不堪。

「安靜離職」又可以稱為「無聲離職」「在職躺平」。這個概念是從新冠疫情影響而來的，有很多上班族被迫縮短工時、停工或是離職。在這樣的原因之下，工作者開始思考是否值得為公司盡心盡力，以致於壓縮了自己的時間與生活，「安靜離職」也從這裡延伸而來。

Eurasian Publishing Group
圓神出版事業機構
用心與你對話·細野無限寬廣
圓神出版社
Eurasian Press

www.booklife.com.tw reader@mail.eurasian.com.tw

TOMATO 076

看似簡單卻說不出口的英文，原來這樣講

作　　者／學英文吧IVY BAR
發 行 人／簡志忠
出 版 者／圓神出版社有限公司
地　　址／臺北市南京東路四段50號6樓之1
電　　話／（02）2579-6600．2579-8800．2570-3939
傳　　真／（02）2579-0338．2577-3220．2570-3636
副 社 長／陳秋月
主　　編／賴真真
專案企畫／沈蕙婷
責任編輯／林振宏
校　　對／林振宏．歐玟秀
美術編輯／林雅錚
行銷企畫／陳禹伶．林雅雯
印務統籌／劉鳳剛．高榮祥
監　　印／高榮祥
排　　版／杜易蓉
經 銷 商／叩應股份有限公司
郵撥帳號／18707239
法律顧問／圓神出版事業機構法律顧問　蕭雄淋律師
印　　刷／國碩印前科技股份有限公司

2022年12月　初版

定價 400 元　ISBN 978-986-133-851-4

學英文不用著拘束啦！你在讀這本書的時候，
請用一種chill的態度來看；
內容如果讓你不小心嘴角上揚，那這本書的目的就達成了！
——《看似簡單卻說不出口的英文，原來這樣講》



國家圖書館出版品預行編目資料

看似簡單卻說不出口的英文，原來這樣講／
學英文吧IVY BAR 著．— 初版．— 臺北市：
圓神出版社有限公司，2022.12
240面；14.8×20.8公分（Tomato；76）

ISBN 978-986-133-851-4（平裝）

1.CST：英語　2.CST：語彙

805.123　　111016816